Goscinny Sempé

Le Petit Nicolas a des ennuis

プチ・ニコラの
み

シリーズ⑤

ゴシニ／文　小野萬吉／訳

世界文化社

Sommaire
もくじ

ジョアキムのなやみ……8

ないしょの手紙《てがみ》……18

お金《かね》のねうち……32

パパと買《か》いものに行《い》くと……44

いす……58

すてきな懐中電灯《かいちゅうでんとう》……72

いかさまルーレット……84

メメがとまりにきた……96

交通規則《こうつうきそく》の学習《がくしゅう》をしたけれど……108

Sommaire

もくじ

忘《わす》れられない実物教育《じつぶつきょういく》 …… 122

社長夫妻《しゃちょうふさい》とざっくばらんに …… 136

福引《ふくびき》 …… 150

ウードのバッジ …… 164

復《ふく》しゅう者《しゃ》たちの秘密《ひみつ》のメッセージ …… 176

自慢《じまん》の兄《あに》き、ジョナース …… 188

くすねたチョーク …… 200

物語《ものがたり》をより楽《たの》しむために❺　小野萬吉《おのまんきち》 …… 212

ゴシニ略伝《りゃくでん》 …… 220

サンペ略伝《りゃくでん》 …… 222

Nicolas
ニコラ

Maman
ママ

《雨《あめ》が降《ふ》って、人《ひと》がいっぱいいるときは、ぼくは家《いえ》にいるのが好《す》きだ。だってママが、おいしいおやつをいっぱい作《つく》ってくれるからね》

Papa
パパ

《ぼくが学校《がっこう》から帰《かえ》るより遅《おそ》く会社《かいしゃ》から帰《かえ》ってくるけど、パパには、宿題《しゅくだい》がないんだ》

Clotaire
クロテール

《成績《せいせき》がクラスのビリ。先生《せんせい》に質問《しつもん》されると、いつも休《やす》み時間《じかん》がなくなっちゃうんだ》

Alceste
アルセスト

《ぼくの親友《しんゆう》で、いつもなにか食《た》べてるふとっちょなんだよ》

Geoffroy

ジョフロワ

《大金《おおがね》持《も》ちのパパがいて、ほしいものはなんでも買《か》ってもらえる》

Agnan

アニャン

《成績《せいせき》がクラスで一番《いちばん》で、先《せん》生《せい》のお気《き》に入《い》り。どうにも虫《むし》が好《す》かないやつなんだ》

Eudes

ウード

《とても力《ちから》持《も》ちで、クラスメートの鼻《はな》の頭《あたま》にパンチをくらわせるのが大《だい》好《す》きなんだ》

Rufus

リュフュス

《ホイッスルをもってるよ。パパはおまわりさんだ》

Marie-Edwige

マリ・エドウィッジ

《とてもかわいいから、大《おお》きくなったら、結婚《けっこん》するつもりなんだ》

Joachim

ジョアキム

《ビー玉《だま》遊《あそ》びが大《だい》好《す》き。とっても上手《じょうず》で、ねらったら、パチン！　まず、はずさないね》

M. Bledurt

ブレデュールさん

《ぼくらのおとなりさんで、パパをからかうのが大好《だいす》きなんだ》

Mémé

メメ

《たくさんプレゼントをくれて、ぼくがなにか言《い》うたびに、大笑《おおわら》いするやさしいおばあちゃんだよ》

Le Bouillon

ブイヨン

《生徒指導《せいとしどう》の先生《せんせい》で、いつも「わたしの目《め》をよく見《み》なさい」と言《い》うから、このあだ名《な》がついた。ブイヨン・スープには油《あぶら》の目玉《めだま》が浮《う》かんでいる。それを考《かんが》えついたのは、上《じょう》級生《きゅうせい》たちなんだ》

La maîtresse

先生《せんせい》

《ぼくらがひどい悪《わる》ふざけをしなければ、先生《せんせい》はとてもやさしくて、とてもきれいなんだよ》

Joachim a des ennuis

ジョアキムのなやみ

きのう学校《がっこう》を休《やす》んだジョアキムが、きょうは遅刻《ちこく》してきたんだけど、なんだかひどく落《お》ちこんだようすだった。

ジョアキムはよく遅刻《ちこく》してくるし、とくに文法《ぶんぽう》のテストがあるときは学校《がっこう》にきても落《お》ちこんだ顔《かお》をしてるから、ぼくらはそんなことでおどろいたりはしない。だけど、きょうはとてもびっくりしたんだ。だって、先生《せんせい》がにこにこ笑《わら》いながら、ジョアキムにこう言《い》ったからね。

「ジョアキム、おめでとう！　あなたも、さぞうれしいでしょうね」

これには、ほんとうにおどろいた。先生《せんせい》はいつだってジョアキムにやさしいけど（ぼくらの先生《せんせい》はとてもすてきな人《ひと》で、だれにでもやさしいんだ）、ジョアキムに「おめでとう」と言《い》ったことなんて、一度《ど》もなかったもの。

でもジョアキムは、ちっともうれしそうじゃなく、やっぱり落《お》ちこんだ顔《かお》のまま、メクサンのとなりの自分《じぶん》の席《せき》にすわった。ぼくらはみんな、ジョアキムを見《み》ようとして、うしろをふり向《む》いた。

すると先生《せんせい》が定規《じょうぎ》で教卓《きょうたく》をたたき、気《き》をちらさないで授業《じゅぎょう》に集中《しゅうちゅう》しなさい、黒板《こくばん》に書《か》いたことをうつすんですよ、と言《い》った。

そのとき、うしろからジョフロワが、ぼくに声《こえ》をかけた。

「ジョアキムに弟《おとうと》ができたぞ！　つぎへまわせ！」

休《やす》み時間《じかん》に、ぼくらは、両手《りょうて》をポケットに入《い》れて壁《かべ》にもたれているジョアキムをとりかこんで、弟《おとうと》ができたのはほんとうかい、ときいた。

「うん」と、ジョアキムが答《こた》えた。「きのうの朝《あさ》、パパがぼくをおこしたんだ。パパは、ひげをそらないままで服《ふく》を着《き》ていて、にこにこしながらぼくにキスして、夜《よる》のうちにおまえに弟《おとうと》ができたぞ、と言《い》ったんだ。それからぼくは、パパに言《い》われて大《おお》いそぎで服《ふく》を着《き》て、ふたりで病院《びょういん》に行《い》ったんだ。病院《びょういん》にはママがいて、ベッドに横《よこ》になってたけど、パパとおなじくらいうれしそうな顔《かお》をしてた。そして、ママのベッドのそばに、ぼくの弟《おとうと》がいたんだよ」

「なんだ」と、ぼくが言《い》った。「それなのにきみは、ちっともうれしそうじゃないね！」

「どうしてぼくがうれしいのさ?」と、ジョアキムが言《い》った。「弟《おとうと》は、ものすごくひどい顔《かお》をしてるんだぞ。それに、うんと小《ちい》さいし、まっかっかで、しょっちゅう泣《な》いてるんだ。なのにみんな、弟《おとうと》のことをかわいいって言《い》うんだ。ぼくが家《いえ》で泣《な》いたりしたらすぐに、だまれと言《い》われるし、パパなんかぼくに、まぬけだの、うるさいだのと言《い》うくせにさ」

「ほんとに、そうだな」と、リュフュスが言《い》った。「ぼくにも弟《おとうと》がいるけど、それでいつもごたごたするんだ。弟《おとうと》はみんなのお気《き》に入《い》りで、なにをしてもいいんだ。ぼくがぶったりすると、弟《おとうと》はパパとママに言《い》いつけるから、ぼくは木曜日《もくようび》に映画《えいが》につれてってもらえなくなるんだよ!」

「ぼくのうちは、その反対《はんたい》だな」と、ウードが言《い》った。「ぼくには兄《あに》きがいるけど、兄《あに》きのほうがパパやママのお気《き》に入《い》りなんだ。ぼくがなにか言《い》うと兄《あに》きはすぐぼくの頭《あたま》をなぐるし、おそくまでテレビを見《み》てもいいし、タバコだって吸《す》っていいんだ!」

「弟《おとうと》ができてから、ぼくはしかられてばかりだ」と、ジョアキムが言《い》った。「病院《びょういん》で、ママが、あなたの弟《おとうと》にキスしなさいと言《い》うから、キスなんかしたくなかったけど、しかたなしにゆりかごのそばに行《い》ったんだ。そしたらパパが、いきなりどなりはじめたんだよ。気《き》をつけろ、ゆりかごをひっくり返《かえ》すとたいへんだ、おまえみたいなうすのろは見《み》たことがない、ってね」

「きみの弟《おとうと》はなにを食《た》べるの、そんなに小《ちい》さくてさ？」と、アルセストがきいた。

「それから」と、ジョアキムがつづけた。「ぼくはパパと家《いえ》に帰《かえ》ったんだけど、ママのいない家《いえ》なんてひどいもんさ。パパがお昼《ひる》ごはんを作《つく》ったときなんか、缶切《かんき》りが見《み》つからないっておこり出《だ》すし、缶切《かんき》りが出《で》てきても、ぼくらのお昼《ひる》は、缶《かん》づめのイワシと山《やま》もりのグリンピースだけだったよ。けさだって、朝《あさ》ごはんのときパパは、ミルクが吹《ふ》きこぼれたからって、ぼくのことをしかるんだ」

「いまにわかるけど」と、リュフュスが言《い》った。「きみのパパとママは、弟《おとうと》を家《いえ》につれて帰《かえ》ってきたら、はじめのうちは自分《じぶん》たちの部屋《へや》に寝《ね》かせるんだ。だけどそのうち、きみの部屋《へや》に弟《おとうと》をつれてくるぜ。そして、そのチビが泣《な》き出《だ》すたびに、きみは、弟《おとうと》をいじめたと

思《おも》われることになるぞ」

「ぼくは、兄《あに》きといっしょの部屋《へや》で寝《ね》てるけど、そんなにいやじゃないよ」と、ウードが言《い》った。「ずっと前《まえ》、ぼくがまだ小《ちい》さかったころは、兄《あに》きがぼくをこわがらせてよろこぶから、いやだったけど」

「ああ、いやだなあ！」と、ジョアキムがさけんだ。

「弟《おとうと》なんか、ぼくの部屋《へや》に寝《ね》かせてやるもんか！　ぼくの部屋《へや》は、ぼくだけのものだ。あいつが家《いえ》で寝《ね》たけりゃ、べつの部屋《へや》をさがしたらいいんだ！」

「ばか言《い》ってら！」と、メクサンが言《い》った。「きみのパパとママが、弟《おとうと》をきみの部屋《へや》に寝《ね》かせると言《い》うんなら、弟《おとうと》はきみの部屋《へや》で寝《ね》るのさ、決《き》まってるじゃないか」

「それはちがうね！　ちがいますね！」と、ジョアキムが大声《おおごえ》で言《い》った。「パパとママは、自分《じぶん》たちのすきなところに弟《おとうと》を寝《ね》かせりゃいいさ。だけどそれは、ぼくの部屋《へや》じゃない！　ぼくは部屋《へや》に立《た》てこもってやる、ぜったいにほんとうだぞ！」

「それで、イワシとグリンピースはおいしかったの？」と、アルセストがきいたけど、ジョアキムは話《はなし》をつづけた。

「午後《ごご》もパパは、ぼくを病院《びょういん》につれて行《い》った。そしたら、オクターヴおじさんとエディットおばさんとリディーおばさんがいて、みんなで、弟《おとうと》がパパに似《に》てるとか、ママに似《に》てるとか、オクターヴおじさんに似《に》てるとか、エディットおばさんに似《に》てるとか、リディーおばさんに似《に》てるとか言《い》い、しまいには、ぼくに似《に》てるとまで言《い》い出《だ》した。

そしてみんながぼくに、うれしいだろう、とか、これからはうんとおりこうにしてママのお手《て》つだいをしなくてはね、とか、学校《がっこう》で一生《いっしょう》けんめい勉強《べんきょう》しないといけないよ、とか言《い》うんだ。おまけにパパまでが、いままでのおまえはただのいたずら小僧《こぞう》だったけど、これからは弟《おとうと》のお手本《てほん》にならなくちゃいけないから、もっと努力《どりょく》するんだぞ、なんてお説教《せっきょう》さ。

そのくせそのあとは、みんな、ぼくのことをかまいもしない。ママだけは、ぼくにキスをして、弟《おとうと》とおなじくらいぼくのことを大《だい》すきだって、言《い》ってくれたけどね」
「おい、みんな」と、ジョフロワが言《い》った。「休《やす》み時間《じかん》がおわらないうちに、サッカーをやらないか？」
「たいへんだなあ！」と、リュフュスが言《い》った。「きみが友《とも》だちと遊《あそ》びに行《い》こうと思《おも》っても、パパやママはきみに、家《いえ》で弟《おとうと》のおもりをしなさいって言《い》うぞ」
「なんだって？　ばか言《い》うなよ！　あんなやつ、自分《じぶん》で自分《じぶん》のおもりをすりゃいいんだ」と、ジョアキムがやり返《かえ》した。「なんてったって、ぼくは弟《おとうと》なんかほしくなかったんだからな。遊《あそ》びたくなったら、いつでも遊《あそ》びに行《い》ってやるぞ！」

「そんなことをすると、もめるだろうな」と、リュフュスが言《い》った。「それにきみは、やきもちをやいてるって言《い》われるぜ」

「やきもちだって？　もうたくさんだ！」と、ジョアキムがさけんだ。

そしてジョアキムは、まくしたてた——ぼくはやきもちなんかやいてない、そんなことを言《い》うのはばかげてる。ぼくは弟《おとうと》のめんどうなんか見《み》ない、だれかにやっかいな思《おも》いをさせられたり、ぼくの部屋《へや》に寝《ね》にこられたり、友《とも》だちと遊《あそ》びに行《い》くのをじゃまされたりするなんて、まっぴらだからな。ぼくはえこひいきが大《だい》きらいだし、もしぼくを、あんまりいやな目《め》にあわせるようなら、家《いえ》を出《で》てやる。そうすれば、うんとこまるのはみんなのほうで、パパやママは自分《じぶん》たちでレオンスの世話《せわ》をしなきゃならなくなるし、ぼくがいなくなって、みんなとてもさびしい思《おも》いをするだろうな。とくにパパとママは、ぼくが軍艦《ぐんかん》の艦長《かんちょう》になって、お金《かね》をたくさんもうけるようになったら、きっと後悔《こうかい》するだろう。どっちみちぼくは、もう家《いえ》にも学校《がっこう》にもうんざりだ。ぼくは、ひとりでだいじょうぶだ、家《いえ》のことも弟《おとうと》のことも、どうでもいいさ――。

するとクロテールが、

「レオンスって、だれなの?」ときいた。

「それがぼくの弟《おとうと》だよ」と、ジョアキムが答《こた》えた。

「へんな名《な》まえだな」と、クロテールが言《い》った。

するとジョアキムはクロテールにとびかかって行《い》き、クロテールをさんざんぶったたいた。ジョアキムが言《い》うには、ジョアキムには、ぜったいにゆるせないことが一《ひと》つあって、それは、ほかの人《ひと》から家族《かぞく》の悪口《わるぐち》を言《い》われることなんだって。

Respectueusement..
non! Avec mes respects..
non! Veuillez agréer..
non! ça ne va pas..
※

※ 敬意《けいい》をこめて……いや、まずいな！
尊敬《そんけい》をこめて……だめだな！
敬具《けいぐ》……これも、だめだ！
うーん、どうしたものか……

La lettre
ないしょの手紙《てがみ》

ぼくは、パパのことがとても心配《しんぱい》だ。だってパパは、なんでもすぐにわすれてしまうんだもの。このあいだの夕方《ゆうがた》、郵便屋《ゆうびんや》さんがぼくに、大《おお》きな小包《こづつみ》をとどけてくれた。ぼくは、とてもうれしかった。郵便屋《ゆうびんや》さんに小包《こづつみ》をとどけてもらうのは大《だい》すきだし、ぼくへの小包《こづつみ》はたいてい、ぼくのママのママ、つまりメメ（おばあちゃん）がぼくに送《おく》ってくれたプレゼントなんだ。

それでいつも、こんなふうに子《こ》どもをあまやかすのはよくないとパパが言《い》い出《だ》し、ママともめるんだけど、そのときの小包《こづつみ》はメメからではなく、パパの会社《かいしゃ》の社長《しゃちょう》のムーシュブームさんからだったので、パパは大満足《だいまんぞく》だった。

小包《こづつみ》はスゴロクで（ぼくはもう、べつのを一《ひと》つもってるけど）、ぼくあての手紙《てがみ》が中《なか》に入《はい》っていた。

〈よくはたらくパパをもった、かわいいニコラへ　ロジェ・ムーシュブームより〉

「すばらしいじゃないの！」と、ママが言《い》った。

「これは、このあいだわたしが、社長《しゃちょう》の個人的《こじんてき》な用《よう》をしてあげたお礼《れい》だよ」と、パパが説《せつ》明《めい》した。「社長《しゃちょう》が旅行《りょこう》されるので、駅《えき》にならんで列《れっ》車《しゃ》の席《せき》を予約《よやく》してあげたのさ。ニコラにプレゼントを送《おく》ってくれるなんて、なかなか気《き》がきいてるじゃないか」

「お給料《きゅうりょう》が上《あ》がる話《はなし》だったら、もっと気《き》がきいていたのに」と、ママが言《い》った。

「おやおや、なんてことを！」と、パパが言《い》った。「子《こ》どもの前《まえ》でそんなことを言《い》うなんて、いったいきみは、なにを考《かんが》えているんだい？ プレゼントよりパパのお給料《きゅうりょう》が上《あ》がるほうがいいとニコラに言《い》わせて、プレゼントをムーシュブームさんに、返《かえ》させるつもりかい？」

「えええっ！ そんなの、だめだよ」と、ぼくは言《い》った。

ぼくはたしかに、もうスゴロクを一《ひと》つもってるけど、新《あたら》しいスゴロクを学校《がっこう》にもって行《い》けば、友《とも》だちのもっているもっといいなにかと交換《こうかん》できるんだ。

「なんですって！」と、ママが言《い》った。「それじゃあなたは、むすこがあまやかされてもへいきなのね。それならわたしは、もうなにも言《い》うことはないわ」

パパはくちびるをかんで、頭《あたま》を横《よこ》にふりながら天井《てんじょう》をにらみ、それからぼくに、ムーシュブームさんにお礼《れい》の電話《でんわ》をかけなさい、と言《い》った。

「だめよ」と、ママが口《くち》をはさんだ。「こんなときは、みじかくてもいいから手紙《てがみ》にするものよ」

「ママの言《い》うとおりだ」と、パパが言《い》った。「手紙《てがみ》のほうがいいな」

「ぼくは電話《でんわ》がいい」と、ぼくは言《い》った。

だって、ほんとうだよ。手紙《てがみ》を書《か》くのはめんどうだけど、電話《でんわ》をかけるのは楽《たの》しいんだもの。それに、うちではメメがかけてきたとき以外《いがい》は、ぼくを電話《でんわ》に出《だ》させてくれないんだ。メメは、電話《でんわ》でぼくにキスしてもらうのが大《だい》すきで、電話《でんわ》に出《で》るといつも、ぼくにキスをさせるんだよ。

「だれも、おまえの意見《いけん》なんかきいてないぞ」と、パパが言《い》った。「手紙《てがみ》を書《か》くように言《い》われたら、さっさと書《か》きなさい！」

こんなのって、ひどいよ！　だからぼくは、言《い》ってやったんだ。――ぼくは手紙《てがみ》を書《か》きたくない。もし電話《でんわ》をかけさせてくれないなら、スゴロクなんかいらない。ぼくはもう、とてもすてきなスゴロクを一《ひと》つもってるし、手紙《てがみ》を書《か》くくらいなら、ムーシュブームさんがパパのお給料《きゅうりょう》を上《あ》げてくれるほうがましだ、ほんとうに、ぜったい、これはうそじゃないんだからね！

「おまえはぶたれたいのかい、晩《ばん》ごはんを食《た》べずに寝《ね》ると言《い》うんだな？」と、パパがさけんだ。

それでぼくが泣《な》き出《だ》すと、パパはママに、どうしたものかときいた。するとママは、もっとおだやかに話《はな》し合《あ》ってくれないなら、わたしは晩《ばん》ごはんを食《た》べずに寝《ね》ますからね、ふたりで問題《もんだい》を解決《かいけつ》してくださいな、と言《い》った。

それからママは、

「いいこと、ニコラ」と、ぼくに話《はな》しかけた。「もしおまえがかしこくして、ぐずぐず言《い》わずに手紙《てがみ》を書《か》くなら、デザートをおかわりしてもいいわよ」

ぼくがわかったと言《い》うと（デザートはあんずのタルトだったんだ！）ママは、じゃあ晩《ばん》ごはんのしたくをするわね、と言《い》ってキッチンへ入《はい》って行《い》った。

「よし」と、パパが言《い》った。「それじゃ、下書《したが》きをしよう」

パパは、パパの机《つくえ》のひき出《だ》しから紙《かみ》とえんぴつをとり出《だ》し、ぼくを見《み》て、えんぴつをにぎりしめてきいた。

「ところで、ニコラはムーシュブーム社長《しゃちょう》に、なんと書《か》くつもりだい？」

「そんなのわからないよ」と、ぼくは答《こた》えた。「でも、ぼくが書《か》くとすると、こんなふうだよ――ぼくは、べつのスゴロクをもうもっているけど、でもこんどもらったのは学校《がっこう》で友《とも》だちと交換《こうかん》するつもりなので、とてもうれしいです。クロテールが、かっこいいブルーの自動車《じどうしゃ》をもっているので……」

「そうか、よし、もういいよ」と、パパが言《い》った。「さてと……書《か》き出《だ》しをどうするかな？

……親愛《しんあい》なる社長《しゃちょう》さんへ……いやいや……親愛《しんあい》なるムーシュブーム社長《しゃちょう》さんへ……いや、あまりになれなれしいな……ぼくの大《だい》すきな社長《しゃちょう》さんへ……うーん……これもどうかな……」

「ぼくなら、〈ムーシュブーム社長《しゃちょう》さんへ〉と書《か》くんだけどな」と、ぼくが言《い》った。

パパは、ぼくをじろっとにらんで立《た》ち上《あ》がり、キッチンに向《む》かって大声《おおごえ》で言《い》った。

「ねえ、ママ！〈親愛《しんあい》なる社長《しゃちょう》さんへ〉〈ぼくの大《だい》すきな社長《しゃちょう》さんへ〉〈親愛《しんあい》なるムーシュブーム社長《しゃちょう》さんへ〉の、どれがいい？」

「どうしたの？」と、ママがキッチンから出《で》てきて、両手《りょうて》をエプロンでふきながらきいた。

パパがもう一度《ど》、三《みっ》つの書《か》き出《だ》しのどれがいいかときくと、ママは、〈親愛《しんあい》なるムーシュブーム社長《しゃちょう》さんへ〉ね、と言《い》ったけど、パパは、それじゃあまりになれなれしい気《き》がするので、ただの〈親愛《しんあい》なる社長《しゃちょう》さんへ〉がいいんじゃないかと思《おも》う、と言《い》った。

するとママは、ただの〈親愛《しんあい》なる社長《しゃちょう》さんへ〉ではよそよそしすぎるからだめよ、これは子《こ》どもの手紙《てがみ》だということをわすれないで、と言《い》った。パパが、それを言《い》うなら〈親愛《しんあい》なるムーシュブーム社長《しゃちょう》さんへ〉こそ子《こ》どもらしくないと思《おも》うね、ていねいさがたりないよ、と言《い》うと、ママが言《い》い返《かえ》した。

「あなたがそう決《き》めてるなら、どうしてわたしにきいたりなさるの？　わたしはいま、晩《ばん》ごはんのしたくでいそがしいんですからね」

「これはこれは！」と、パパが言《い》った。「おいそがしいところをすみませんでしたね。どうせこれは、社長《しゃちょう》と、わたしの地位《ちい》の問題《もんだい》だからね！」

「あら、あなたの地位《ちい》は、ニコラの手紙《てがみ》ぐらいでかわるのですか？」と、ママがきいた。

「いずれにせよ、これがわたしのママからのプレゼントだったら、こんな大《おお》さわぎにはならなかったのに！」

それからは、もうたいへんだった！　パパが大声《おおごえ》を出《だ》すと、ママも大声《おおごえ》を出《だ》してやり合《あ》い、ママはドアをバタンとしめてキッチンに入《はい》ってしまった。

「それじゃ、えんぴつをもちなさい。下書《したが》きをはじめよう」と、パパがぼくに言《い》った。

ぼくは机《つくえ》の前《まえ》にすわり、パパが言《い》う文章《ぶんしょう》を書《か》き取《と》りはじめた。

「親愛《しんあい》なる社長《しゃちょう》さんへ、コンマ、行《ぎょう》をかえて、ありがとう……ちがう、とりけし……待《ま》った、どうもありがとう……うん、これだな……どうもありがとうございました。

ぼくはびっくり……いや、とてもびっくり……いやいや、これは言《い》いすぎだ……びっくりでいいぞ……その前《まえ》に、

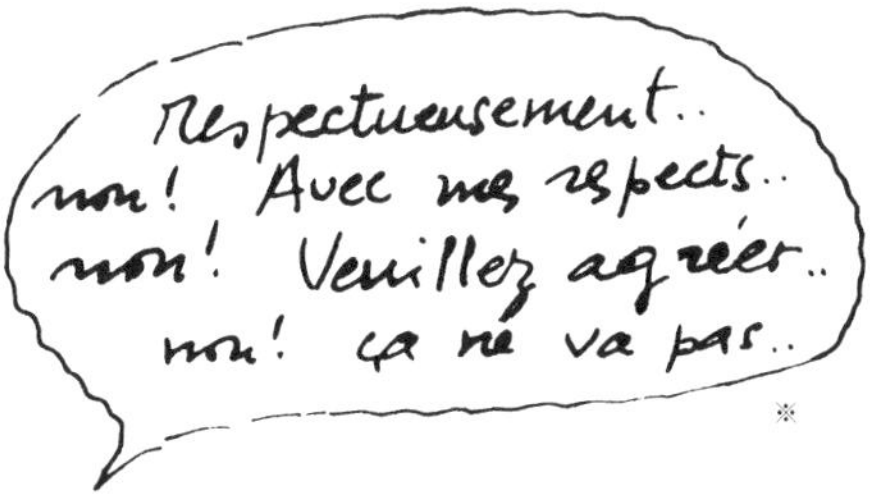
Respectueusement..
non! Avec mes respects..
non! Veuillez agréer..
non! ça ne va pas..
※

※敬意《けいい》をこめて……いや、まずいな！　尊敬《そんけい》をこめて……だめだな！
敬具《けいぐ》……これも、だめだ！　うーん、どうしたものか……

社長《しゃちょう》さんからすてきなプレゼントをいただいて……いや、社長《しゃちょう》さんからのすばらしいプレゼントを、にするか……社長《しゃちょう》さんからのすばらしいプレゼントにぼくはびっくり……いやいや！　これはだめだ……もうびっくりはつかった……びっくりはとりけして……それから〈敬意《けいい》をこめて〉……いや、むしろ〈敬具《けいぐ》〉にするか……ちょっと待《ま》った……」

そしてパパはキッチンに入《はい》って行《い》ったけど、大声《おおごえ》でしゃべっているのが、ぼくのところまできこえてきた。それからパパは、顔《かお》をまっかにしてもどってきて、

「さて、いいかい」と、ぼくに言《い》った。「〈心《こころ》か

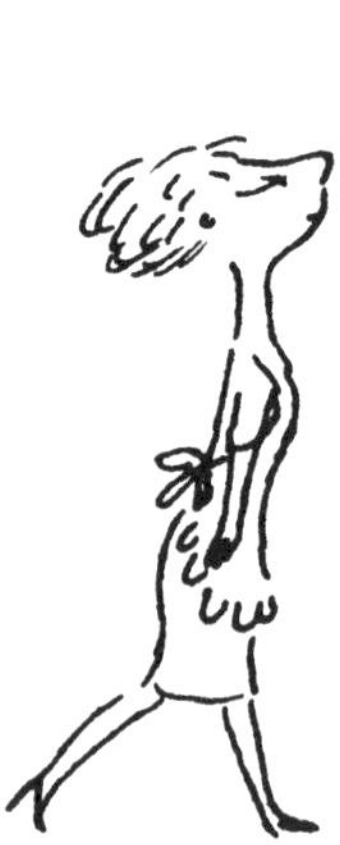

らの尊敬《そんけい》をこめて〉と書《か》きなさい。それから名まえを書《か》く。よし、できたぞ」

そう言《い》うと、パパは、ぼくの紙《かみ》を手《て》にとって読《よ》もうとしたけど、目《め》をお皿《さら》のようにまるくして、もう一度《ど》紙《かみ》を見《み》、大《おお》きなためいきを一《ひと》ついて、下書《したが》きを書《か》きなおすために新《あたら》しい紙《かみ》を手《て》にとった。

「待《ま》てよ、おまえは便《びん》せんをもっていたね?」と、パパが言《い》った。「小鳥《ことり》の絵《え》のついた、ほら、ドロテおばさんがおまえの誕生祝《たんじょういわ》いにくれた便《びん》せんだよ」

「あれはウサギの絵《え》だよ」と、ぼくが言《い》った。

「それそれ」と、パパが言《い》った。「いま、もっておいで」

「どこにしまったか、わからないよ」と、ぼくが言《い》った。

それでパパとぼくはぼくの部屋《へや》に行《い》き、ふたりでさがしはじめたけど、整理戸棚《せいりとだな》の上《うえ》にあったものが、なにからなにまでドサッと落《お》っこちたので、ママがかけつけてきて、いったいなにをしているの?ときいた。

「ニコラの便《びん》せんをさがしてたんだ」と、パパが大声《おおごえ》で言《い》った。「それにしても、家《いえ》の中《なか》がすこしもかたづいていない！　まったくどうしようもないね！」

するとママは、便《びん》せんなら客間《きゃくま》の小机《こづくえ》のひき出《だ》しの中《なか》にあるけど、こんなさわぎはもうたくさんだから、そろそろ晩《ばん》ごはんにしましょう、と言《い》った。

だけど、ぼくはパパに手紙《てがみ》の書《か》きなおしをさせられ、字《じ》をまちがえたりインクのしみをつけたりしたので、何《なん》べんもやりなおさなければならなかった。ママがきてぼくらに、早《はや》くしないと晩《ばん》ごはんがさめますよと言《い》ってからも、ぼくは封筒《ふうとう》を三回《かいか》書きなおした。それでやっとパパが晩《ばん》ごはんにしようと言《い》ったので、ぼくが切手《きって》をちょうだいと言《い》うと、パパは「わかった！　いいよ」と言《い》って、ぼくに切手《きって》をくれた。

そしてぼくは、デザートのおかわりをもらった。

つぎの日《ひ》の夕方《ゆうがた》、電話《でんわ》がなってパパが出《で》たけど、それでぼくは、パパのことがとても心《しん》配《ぱい》になってしまった。だって、

「もしもし？　……はい、そうです……えっ！　ムーシュブーム社長《しゃちょう》ですか！　……こんばんは、ムーシュブーム社長《しゃちょう》……はい、そうです……なんですって？」とパパは言《い》ってた

けど、それからパパはとてもおどろいたような声《こえ》を出《だ》して、こう言《い》ったんだよ。

「手紙《てがみ》ですって?……あっ、それで！　いや、そう言《い》えば、きのうの夕方《ゆうがた》、ニコラがわたしに切手《きって》をもらいにきましたが……それじゃ、あの子《こ》が社長《しゃちょう》に手紙《てがみ》を、わたしどもにはないしょで！」

La valeur de l'argent

お金《かね》のねうち

ぼくは、歴史《れきし》の作文《さくぶん》で四等賞《とうしょう》をとった。シャルルマーニュ王《おう》（八世紀《せいき》から九世紀《せいき》にかけて、フランスの地《ち》を中心《ちゅうしん》にさかえたフランク王国《おうこく》をおさめた有名《ゆうめい》な王様《おうさま》。カール大帝《たいてい》とも言《い》う）の問題《もんだい》だったんだけど、ぼくは、ローランの角笛《つのぶえ》（ローランは、『ローランの歌《うた》』というフランスの古《ふる》い叙事詩《じょじし》にえがかれた勇士《ゆうし》。角笛《つのぶえ》を吹《ふ》いて、味方《みかた》の危機《きき》をシャルルマーニュ王《おう》に知《し》らせて戦死《せんし》した）や折《お》れない剣《けん》のことやシャルルマーニュ王《おう》のことは、とくべつによく知《し》ってたんだ。

パパとママは、ぼくが四等賞《とうしょう》をとったことを知《し》って、すごくよろこんだ。そして、パパがおさいふからとり出《だ》してぼくにくれたものは、なんだったと思《おも》う？　十フラン※札《さつ》だったんだよ！

「さあ、ニコラ」と、パパがぼくに言《い》った。「あした、これで、すきなものを買《か》いなさい」

「まあ……、でも、あなた」と、ママが言《い》った。「子《こ》どもに十フランは、多《おお》すぎないこと？」

「ぜんぜん」と、パパが答《こた》えた。「ニコラもそろそろ、お金《かね》のねうちを知《し》っていいころだ。このはじめての十フランを、きっと有効《ゆうこう》につかうさ。そうだろ、ニコラ？」

※フラン＝ユーロ導入前《どうにゅうまえ》のフランスの通貨《つうか》。

ぼくは、はいと答《こた》え、パパとママにキスをした。ぼくはパパとママが大《だい》すきだ。

ぼくはお札《さつ》をポケットに入《い》れたけど、ちゃんと入《はい》っているかどうか片手《かたて》でしょっちゅうたしかめていたので、もういっぽうの手《て》だけで晩《ばん》ごはんを食《た》べなければならなかった。

ほんとうに、こんな大金《たいきん》をもったのは、はじめてだった。

そりゃもちろん、通《とお》りのかどのコンパニさんの食料品店《しょくりょうひんてん》へお使《つか》いに行《い》くときは、ママがお金《かね》をどっさりもたせてくれるけど、それはぼくのお金《かね》じゃないし、コンパニさんからいくらおつりがもどってくるかも、ママはぼくに教《おし》えるんだ。だからこれは、おなじ大金《たいきん》でもぜんぜんちがうんだよ。

寝《ね》るときぼくは、お札《さつ》を枕《まくら》の下《した》においたけど、あまりよく眠《ねむ》れなかった。そして、へんな夢《ゆめ》を見《み》た。お札《さつ》に印刷《いんさつ》された

おじさんが出《で》てきて百面相《ひゃくめんそう》をやりはじめたけど、そのうちに、おじさんのうしろにある大《おお》きな家《いえ》がコンパニさんの食料品店《しょくりょうひんてん》になる夢《ゆめ》だ。

朝《あさ》、学校《がっこう》につくと、授業《じゅぎょう》がはじまる前《まえ》に、ぼくは仲間《なかま》たちにお札《さつ》を見《み》せた。

「うわあすごい、ねえねえ、それでなにを買《か》うの？」と、クロテールがきいた。

「わからない」と、ぼくは答《こた》えた。「これはパパが、お金《かね》のねうちがわかるようにって、ぼくにくれたんだから、有効《ゆうこう》につかわないといけないんだ。ぼくは飛行機《ひこうき》を買《か》いたいな、ほんもののやつを」

「買《か》えるもんか」と、ジョアキムが言《い》った。「ほんものの飛行機《ひこうき》は、すくなくとも千フランはするぜ」

「千フランだって？」と、ジョフロワが言《い》った。「ふざけるなよ！　ぼくのパパは、小《ちい》さな飛行機《ひこうき》でも最低《さいてい》三万フランはすると言《い》ってたぞ」

それでみんな、どっと笑《わら》った。ジョフロワは大《おお》うそつきで、なんでもでたらめを言《い》うからね。

「地図帳《ちずちょう》を買《か》えばいいのに」と、クラスで一《いち》番《ばん》で先生《せんせい》のお気《き》に入《い》りのアニャンが言《い》った。

「きれいな地図《ちず》や、ためになる写真《しゃしん》がいっぱいのってて、とても役《やく》にたつよ」

「お金《かね》を出《だ》して本《ほん》を買《か》えだって？」と、ぼくは言《い》った。「本《ほん》はね、お誕生日《たんじょうび》だとか病気《びょうき》になったときに、おばさんがくれるものだよ。それに、この前《まえ》おたふくかぜにかかったときにもらった本《ほん》を、ぼくはまだ読《よ》みおわってないんだからな」

アニャンはぼくの顔《かお》をじっと見《み》たけど、なにも言《い》わずに文法《ぶんぽう》の復習《ふくしゅう》をはじめた。どうかしているんだよ、アニャンは！

「きみがサッカーボールを買《か》えば、みんなで遊《あそ》べるけどな」と、リュフュスがぼくに言《い》った。

「ふざけるなよ」と、ぼくが言《い》った。「お金《かね》はぼくのものだぞ、人《ひと》のためになんかつかうもんか。サッカーボールがほしけりゃ、きみが歴史《れきし》で四等賞《とうしょう》をとればいいんだ」

「けちんぼ」と、リュフュスがぼくに言《い》った。「きみが歴史《れきし》で四等賞《とうしょう》をとったのは、きみがアニャンみたいに先生《せんせい》のお気《き》に入《い》りだからだぜ」

でも、ぼくはリュフュスをぶつことができなかった。ちょうどそのときカネがなって、教室《きょうしつ》へ入《はい》る前《まえ》の整列《せいれつ》をしないといけなかったからだ。

いつもそうなんだけど、ぼくらが遊《あそ》びはじめるとキンコンとカネがなって、ぼくらは教《きょう》室《しつ》に入《はい》らなければならなくなる。

ぼくらが整列《せいれつ》したとき、アルセストが走《はし》ってやってきた。

「きみは遅刻《ちこく》だな」と、ぼくらの生徒指導《せいとしどう》のブイヨンが言《い》った。

「ぼくのせいじゃありません」と、アルセストが言《い》った。「朝《あさ》ごはんに、クロワッサンが一《ひと》つよぶんに出《で》たからいけないんです」

ブイヨンは一《ひと》つ大《おお》きなためいきをついて、アルセストに、あごについているバターをふいて列《れつ》に入《はい》りなさい、と言《い》った。

教室《きょうしつ》でぼくは、となりの席《せき》のアルセストに話《はな》しかけた。

「ぼくがなにをもっているか、わかるかい？」

そして、ぼくがアルセストに十フラン札《さつ》を見《み》せようとしたとき、先生《せんせい》がさけんだ。

「ニコラ！　その紙《かみ》きれはなんですか？　すぐ、ここにもってきなさい、没収《ぼっしゅう》します」

ぼくが泣《な》きながらお札《さつ》をもって行《い》くと、先《せん》生《せい》は目《め》をお皿《さら》のようにまるくして、

「これであなたは、なにをするつもりなの？」ときいた。

「まだわかりません。シャルルマーニュのご

le Chocolat CHO c'est BON

ほうびに、パパがぼくにくれたんです」

そう答《こた》えてぼくが先生《せんせい》を見《み》ると、先生《せんせい》は、笑《わら》い出《だ》すのをけんめいにこらえていた。先生《せんせい》はときどきこんなふうになるけど、笑《わら》うのをがまんしている先生《せんせい》って、とてもすてきなんだ。

先生《せんせい》はぼくにお金《かね》を返《かえ》してくれて、すぐポケットにしまいなさい、お金《かね》をおもちゃにしてはいけません、くれぐれもむだづかいしないようにね、と言《い》った。それから先生《せんせい》はクロテールに質問《しつもん》したけど、クロテールのパパが点数《てんすう》のことでクロテールにごほうびを出《だ》すことがあるなんて、ぼくには考《かんが》えられないな。

休《やす》み時間《じかん》、ほかのみんなが遊《あそ》んでいるあいだに、アルセストがぼくの腕《うで》をひっぱって、お金《かね》をどうするつもりだい、ときいた。ぼくが、わからないよと答《こた》えると、アルセストは、十フランあれば板《いた》チョコがたくさん買《か》えるぜ、と言《い》った。

「五十枚《まい》は買《か》える！　板《いた》チョコ五十枚《まい》だよ、わかるかい？」と、アルセストはぼくに言《い》った。「ひとり二十五枚《まい》ずつだぜ！」

「なんだって？　どうしてぼくが、きみに板《いた》チョコを二十五枚《まい》もあげなきゃならないのさ？」と、ぼくはきいた。「お金《かね》は、ぼくのものなんだぞ」

「ニコラにかまうな」と、リュフュスがアルセストに言《い》った。「あいつはケチなんだ！」

そしてアルセストとリュフュスは行《い》ってしまったけど、ぼくはもう、ほんとうにうんざりだった。ケチでもなんでもかまうもんか、なんだってみんなは、ぼくのお金《かね》のことでぼくにうるさくするんだろう？

だけど、アルセストが言《い》った板《いた》チョコはとてもいい考《かんが》えだった。ぼくはチョコレートが大《だい》すきだし、ぼくのほしいものならなんでもくれるメメの家《いえ》でも、一度《ど》に五十枚《まい》もの板《いた》チョコはもらったことがないもの。

それで、学校《がっこう》がおわるとぼくはパン屋《や》さんに走《はし》って行《い》き、おばさんがなににしますかときいたので、ぼくのお札《さつ》を出《だ》して、

「これぜんぶで板《いた》チョコください。五十枚《まい》は買《か》えるって、アルセストは言《い》ってたけど」と言《い》った。

おばさんはお金《かね》を見《み》、ぼくを見《み》てから、

「どこでこれを見《み》つけたの、ぼうや？」と言《い》った。

「見《み》つけたんじゃないよ、もらったんだ」と、ぼくは言《い》った。

「板《いた》チョコを五十枚《まい》も買《か》うために、だれかがあんたに、そのお金《かね》をくれたって言《い》うのかい？」と、おばさんがきいた。

「うん、そうだよ」と、ぼくは答《こた》えた。

するとおばさんは、

「子《こ》どものうそつきは、きらいだよ。そのお金《かね》は、見《み》つけたところへもどしておいで」と言《い》って、ぼくをギョロッとにらみつけたんだ。

ぼくはお店《みせ》を逃《に》げ出《だ》して、泣《な》きながら、家《いえ》に帰《かえ》った。

家《いえ》でママにわけを話《はな》すと、ママはぼくにキスをして、パパに相談《そうだん》してくるわね、と言《い》い、お札《さつ》をもって客間《きゃくま》のパパのところに行《い》った。それからママは、二十サンチーム※のコインをもってもどってきて、言《い》ったんだ。

※１サンチーム＝１フランの100分《ぶん》の1.

「さあニコラ、これで板《いた》チョコを買《か》いなさいね」

ぼくは大満足《だいまんぞく》だった。ぼくは、板《いた》チョコを半分《はんぶん》、アルセストにわけてやろうかとさえ思《おも》ったんだ。だってアルセストは友《とも》だちなんだし、友《とも》だちとはなんだって分《わ》けっこをするものだからね。

On a fait le marché avec papa

パパと買《か》いものに行《い》くと……

晩《ばん》ごはんのあとで、パパはママと、家計簿《かけいぼ》をしらべていた。

「わたしがきみにあずけるお金《かね》がどこへ消《き》えるのか、知《し》りたいものだね」と、パパが言《い》った。

「まあ！　言《い》ってくだされば、いつでもお教《おし》えしますわ」と、まじめな顔《かお》をしてママが答《こた》えた。それからママはパパに、あなたは食《た》べものにどれだけお金《かね》がかかるか知《し》らないんだわ、もし自分《じぶん》で買《か》いものに行《い》けば、あなたにもわかるはずよ、とにかく子《こ》どもの前《まえ》でこんな話《はなし》はやめましょう、と言《い》った。

するとパパは、そんなことはないね、もしわたしが自分《じぶん》で買《か》いものに行《い》けば、お金《かね》を節《せつ》約《やく》できるし、もっとおいしいものが食《た》べられるはずだ、とやり返《かえ》し、子《こ》どもはもうベッドに行《い》く時間《じかん》だよ、と言《い》った。

「ねえ、あなた、そういうことなら、買《か》いものじょうずのあなたが市場《いちば》へ行《い》ってくださらないかしら」と、ママが言《い》った。

「いいとも」と、パパが答《こた》えた。「あしたは日曜《にちよう》だから、わたしが買《か》いものに行《い》こう。わ

DE GAULLE
POMPIDOU

J.P. DEBEAUMARCHAIS
BOIS & CHARBONS
Au fond de la cour à gauche
BEURRE-OEUFS-FROMAGE
BEURRE O
CHARCUTERIE
SORAYA

たしがどれほど買《か》いものがじょうずか、きみに見《み》せてあげるよ！」

「わあい」と、ぼくが言《い》った。「ぼくも買《か》いものに行《い》っていい？」

だけど、ぼくはベッドに行《い》かされた。

つぎの朝《あさ》、ぼくがパパに、いっしょに行《い》っていいかきいたら、パパは、いいよ、きょうは男《おとこ》どうしで買《か》いものをしよう、と言《い》った。

ぼくはとてもうれしかった。だってぼくは、パパといっしょに出《で》かけるのが大《だい》すきだし、市場《いちば》は最高《さいこう》なんだ。人《ひと》が大《おお》ぜいいて、そこらじゅうで大声《おおごえ》がして、学校《がっこう》の休《やす》み時間《じかん》のように楽《たの》しいからね。

パパはぼくに、買《か》いもの用《よう》の網袋《あみぶくろ》をもちなさいと言《い》い、ママが笑《わら》いながら「行《い》ってらっしゃい」と言《い》うと、こう言《い》った。

「いまは笑《わら》っていられるけど、わたしたちが手《て》ごろな値段《ねだん》でいい品《しな》を買《か》って帰《かえ》ってきたら、

もう笑《わら》えなくなるさ。わたしたち男《おとこ》は、むざむざ高《たか》い買《か》いものをするものか。なあ、ニコラ？」

「うん」と、ぼく。

するとママは、笑《わら》いながら、お湯《ゆ》をわかして、あなたたちがイセエビを買《か》って帰《かえ》るのを待《ま》ってるわ、と言《い》った。そして、パパとぼくはガレージに行《い》って、車《くるま》にのりこんだ。

車《くるま》の中《なか》で、ぼくはパパに、ほんとうにイセエビを買《か》って帰《かえ》るの、ときいた。

「もちろんさ」と、パパが答《こた》えた。

市場《いちば》にはたくさんの人《ひと》がつめかけていて、車《くるま》をとめる場所《ばしょ》をさがすのにずいぶんてまどったけど、パパは運《うん》よく、あいている場所《ばしょ》を見《み》つけ（ぼくのパパって、目《め》がいいんだよ）、車《くるま》をとめた。

「さてと、ニコラ。おまえのママに、買《か》いものがどんなにかんたんで、わたしたちがどれだけお金《かね》を節約《せつやく》したか、見《み》せてやろうじゃないか」

そしてパパは、野菜《やさい》をたくさん売《う》っているおばさんのお店《みせ》に行《い》き、中《なか》をぐるりと見《み》まわ

してから、

「トマトが安《やす》いな。トマトを一キロください」と言《い》った。

すると八百屋《やおや》のおばさんは、買《か》いもの用《よう》の網袋《あみぶくろ》の中にトマトを五個《こ》入《い》れて、

「それから？　ほかになにか？」ときいた。

「なんだって？　一キロでトマト五個《こ》しかないのかい？」と、網袋《あみぶくろ》を見《み》てパパが言《い》うと、八百屋《やおや》のおばさんは、

「その値段《ねだん》で、農園《のうえん》まるごと買《か》えると思《おも》っちゃいないだろうね？　だんながたが買《か》いものにくると、いつもこれなんだから」と言《い》った。

「男《おとこ》は、おくさんがたのようにかんたんにはだまされないということさ、わかったかい」とパパが言《い》うと、

「あんたが男《おとこ》なら、もう一度《ど》言《い》ってごらん！」と、ぼくらの町《まち》のブタ肉屋《にくや》のパンクラスさ

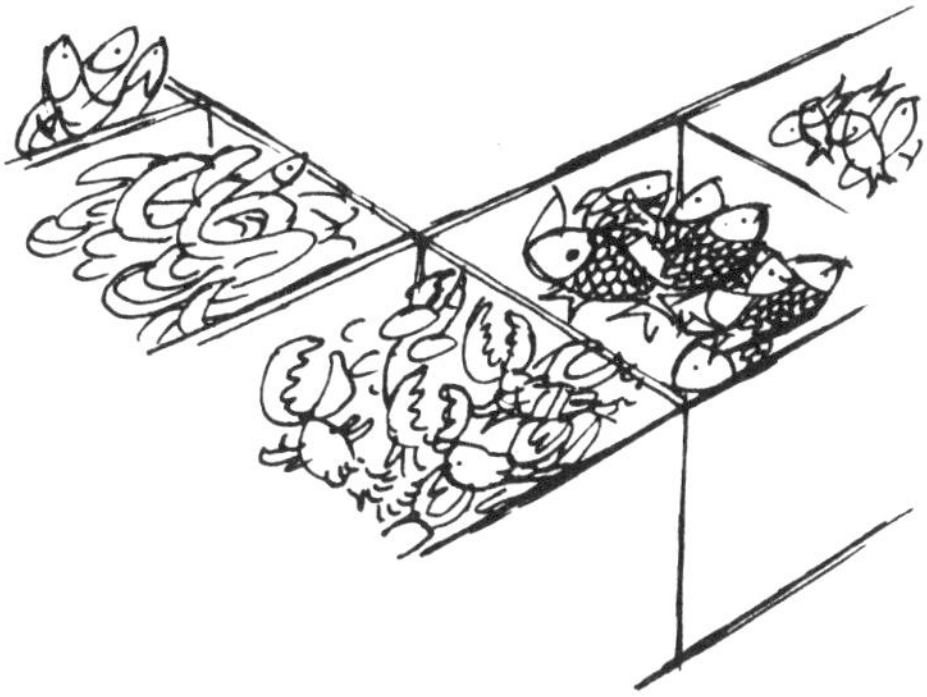

んそっくりのおばさんは、言《い》い返《かえ》した。

　そして八百屋《やおや》のおばさんは、ほかのお店《みせ》のおばさんたちにパパのことを話《はな》しはじめたので、パパは「わかったわかった、もういいよ」と言《い》って、ぼくに網袋《あみぶくろ》をもたせて歩《ある》き出《だ》した。

　しばらくしてぼくは、テーブルにたくさんの魚《さかな》をならべ、大《おお》きなイセエビを売《う》っているおじさんを見《み》つけて、さけんだ。

「見《み》て、パパ！　イセエビだよ！」

「いいぞ」と、パパが言《い》った。「あそこをのぞいてみよう」

　パパは魚屋《さかなや》のおじさんのところへ行《い》き、そのイセエビは新鮮《しんせん》かい、ときいた。魚屋《さかなや》のおじさんはパパに答《こた》えて、うちのイセエビはとびきりだよ、新鮮《しんせん》かどうかときかれたら新鮮《しんせん》だと答《こた》えるしかないね、なんてったって、うちのイセエビは生《い》きてるんだから。そう言《い》ってカラカラと笑《わら》った。

「なるほど、けっこう」と、パパが言《い》った。「それで、その大《おお》きいの、ほら、足《あし》をうごかしてるそのイセエビは、いくらだい？」

魚屋《さかなや》さんが値段《ねだん》を言《い》うと、パパは両目《りょうめ》をお皿《さら》のようにまるくして、

「じゃ、あれは？　あのいちばん小《ちい》さいのは？」ときいた。

魚屋《さかなや》さんがまた値段《ねだん》を言《い》うと、パパは、信《しん》じられない、こんなのはいんちきだ、と言《い》った。

「ちょっと、お客《きゃく》さん」と、魚屋《さかなや》のおじさんが言《い》った。「あんたが買《か》いたいのは、イセエビなの、小《こ》エビなの？　イセエビと小《こ》エビじゃ、うんと値段《ねだん》がちがうんだよ。おくさんに、きいてこなかったのかい」

「行《い》こう、ニコラ」と、パパが言《い》った。「ほかのものを買《か》うとしよう」

でも、ぼくはパパに、ほかのお店《みせ》に行《い》く必要《ひつよう》はないよ、足《あし》をうごかしてるイセエビなんて最高《さいこう》だし、きっとものすごくおいしいよ、と言《い》ったんだ。

「ぐずぐず言《い》わずに、おいで、ニコラ」と、パパがぼくに言《い》った。「イセエビを買《か》うのは、やめだ。イセエビは買《か》わないのさ！」

「でもパパ」と、ぼくが言《い》った。「ママがお湯《ゆ》をわかして待《ま》ってるから、イセエビを買《か》わないといけないんだよ」

「ニコラ」と、パパが言《い》った。「いいかげんにしないと、車《くるま》の中《なか》で待《ま》っててもらうよ！」

それで、ぼくは泣《な》き出《だ》した。ほんとうに、こんなのってひどいよ。

「いやはや」と、魚屋《さかなや》のおじさんが言《い》った。「あんたはケチなんてもんじゃないや。家族《かぞく》になにも食《た》べさせないつもりだね。おまけに子《こ》どもまでいじめるとはね、かわいそうに」

「よけいな口出《くちだ》しはやめてもらおう」と、パパがさけんだ。「どろぼうのくせして、人《ひと》をケチあつかいするとは、どういうつもりだ！」

「どろぼう、このわしがか？」と、魚屋《さかなや》のおじさんがどなった。

「ピンタをくれてほしいのかい、あんた?」

そして魚屋《さかなや》のおじさんは、片手《かたて》で舌《した》ビラメをつかんだ。

「そうよ、あんたはどろぼうよ」と、ひとりのおばさんが横《よこ》から口を出《だ》した。「おとついあんたから買《か》ったタラは、いたんでいたわ。ネコも食《た》べなかったんだから」

「いたんでたって、わしのタラがかい?」と、魚屋《さかなや》のおじさんが大声《おおごえ》で言《い》った。

それでものすごい人《ひと》だかりになって、だれもかれもが言《い》いあらそいをはじめ、魚屋《さかなや》のおじさんが舌《した》ビラメをふりまわしたので、ぼくらはそこをぬけ出《だ》した。

「帰《かえ》ろうか」と、つかれてイライラしたようすでパパが言《い》った。「すっかりおそくなってしまった」

「でもパパ」と、ぼくが言《い》った。「まだ、トマトを五《いつ》つ買《か》っただけだよ。ぼくはイセエビが……」

するとパパが、さいごまで言《い》わせず、ぼくの手《て》をぐいとひっぱったので、ぼくはびっくりして、買《か》いもの用《よう》の網袋《あみぶくろ》を地面《じめん》に落《お》としてしまった。

ぼくらは運《うん》がわるかったんだよ。だって、ぼくらのすぐうしろを歩《ある》いていた、ふとったおばさんがトマトをふんづけて、グチャッと音《おと》がしたんだ。そのおばさんは、気《き》をつけなさいとぼくらに言《い》って、さっさと行《い》ってしまったけど、ぼくが買《か》いもの用《よう》の網袋《あみぶくろ》をひろうと、中《なか》のトマトはベチョベチョで、とても食《た》べられそうになかった。

「もどって、べつのトマトを買《か》わなくちゃ」と、ぼくはパパに言《い》った。「このトマトは、もうだめだよ」

でもパパは、わざと知《し》らん顔《かお》で車《くるま》にもどった。

すると、車《くるま》に駐車違反《ちゅうしゃいはん》の貼《は》り紙《がみ》があったので、パパはますますおもしろくなくなったんだ。

「まったく、きょうはなんという日《ひ》なんだ！」と、パパは言《い》った。

それからぼくらは車《くるま》にのり、パパが車《くるま》を走《はし》らせた。

「網袋《あみぶくろ》のおき場所《ばしょ》に気《き》をつけなさい」と、パパがさけんだ。「パパのズボンが、トマトの汁《しる》だらけじゃないか！　もうすこし自分《じぶん》のしていることに気《き》をつけなさい！」

そのとたん、ぼくらの車《くるま》はトラックに追突《ついとつ》した。ぼくにもんくばかり言《い》ってるから、こんなことになるんだよ。

車《くるま》をはこびこんだ修理工場《しゅうりこうじょう》から外《そと》に出《で》たとき（車《くるま》のきずはたいしたことなくて、あさってにはのれるんだ）、パパはおこった顔《かお》をしていた。たぶん、からだの大《おお》きなトラックの運転手《うんてんしゅ》が、パパになにか言《い》ったからだ。

家《いえ》に帰《かえ》ると、買《か》いもの用《よう》の網袋《あみぶくろ》を見《み》たママがなにか言《い》いはじめたけど、パパは、なにも言《い》わないでくれとさけんだ。そして、家《いえ》には食《た》べるものがなにもなかったので、パパはぼくらをタクシーでレストランにつれて行《い》ってくれた。

　レストランの晩《ばん》ごはんは、最高《さいこう》だった。パパはあまり食《た》べなかったけど、ママとぼくは、いとこのウロージュの初聖体《はっせいたい》（洗礼式《せんれいしき》とならぶキリスト教《きょう》の重要《じゅうよう》な儀式《ぎしき》で、キリストの血《ち》と肉《にく》をあらわすワインとパンを、はじめていただくこと）のお祝《いわ》いの食事《しょくじ》のときに食《た》べたような、マヨネーズをかけたイセエビを食《た》べた。ママは、パパのおっしゃるとおりね、たまには節約《せつやく》もいいものだわ、と言《い》った。

　つぎの日曜日《にちようび》も、パパといっしょに買《か》いものに行《い》きたいなあ！

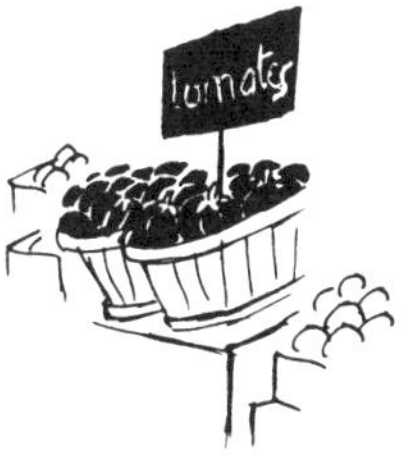

Les chaises
いす

きょうは学校《がっこう》で、たいへんだったんだ！

けさ、ぼくらはいつものように学校《がっこう》へ行《い》き、ブイヨンが（ぼくらの生徒指導《せいとしどう》の先生《せんせい》だ）カネをならしたので、校庭《こうてい》に整列《せいれつ》した。ところが、ほかの子《こ》たちは教室《きょうしつ》に入《はい》ったのに、ぼくらのクラスだけ校庭《こうてい》にのこされたんだ。

なんだろうと、ぼくらは考《かんが》えた。先生《せんせい》が病気《びょうき》なのかな、それで、ぼくらだけ家《いえ》に帰《かえ》されるんだろうかとかね。

でも、ブイヨンはぼくらに、しずかに整列《せいれつ》しているように言《い》っただけだった。

それから、ぼくらの先生《せんせい》と校長先生《こうちょうせんせい》が歩《ある》いてくるのが見《み》えた。先生《せんせい》と校長先生《こうちょうせんせい》はぼくらを見《み》ながら、ふたりでお話《はなし》をしていたけど、それから校長先生《こうちょうせんせい》はひき返《かえ》して行《い》き、先生《せんせい》だけがぼくらのほうにやってきた。

「みなさん」と、先生《せんせい》はぼくらに言《い》った。「夜《よる》のうちに水道管《すいどうかん》がこおって、ひびが入《はい》ったので、わたしたちの教室《きょうしつ》が水《みず》びたしになりました。職人《しょくにん》さんたちが、いま修理《しゅうり》をしているところです――リュフュス、先生《せんせい》の言《い》ってることに興味《きょうみ》がなくても、しずかにしていなさい――それでわたしたちは、せんたく小屋《ごや》で授業《じゅぎょう》をしなくてはならないのです。みんな、うんといい子《こ》にして、さわいだりせず、この小《ちい》さなできごとで気《き》をちらさないようにするんですよ――リュフュス、二度《ど》めの注意《ちゅうい》です。前《まえ》に出《で》なさい！」

ぼくらは、とてもうれしくなった。だって、学校《がっこう》でいつもとかわったことがあると、おもしろいんだもの。

たとえば、いまだって、先生《せんせい》について、せんたく小屋《ごや》に行《い》くせまい石《いし》の階段《かいだん》を下《お》りているんだけど、これが楽《たの》しいんだ。ぼくらは、学校《がっこう》のことならなんでもよく知《し》ってるつもりになっているけど、いつもは立入禁止《たちいりきんし》で、ほとんど一度《ど》も行《い》ったことがない、せんたく小屋《ごや》のような場所《ばしょ》がたくさんある。

小屋《こや》につくと、そこは思《おも》ったよりせまくて、パイプがいっぱいついたボイラーと流《なが》し台《だい》のほかには、なんにもなかった。

「まあ、うっかりしてたわ」と、先生《せんせい》が言《い》った。「食堂《しょくどう》へ、いすをとりに行《い》かなくては」

するとみんなが手《て》を上《あ》げ、いっせいにさけびはじめた。

「ぼくが行《い》ってもいいですか、先生《せんせい》?」「ぼくも、先生《せんせい》!」「ぼくも」

すると先生《せんせい》は定規《じょうぎ》で流《なが》し台《だい》をたたいたけど、それは授業《じゅぎょう》ちゅうに教卓《きょうたく》をたたく音《おと》よりも小《ちい》さかった。

「しずかに!」と、先生《せんせい》が言《い》った。「みなさんが大声《おおごえ》を出《だ》しつづけるなら、だれにもいすをとりに行《い》かせません、立《た》ったまま授業《じゅぎょう》をすることにします……それでは……まずアニャン、それにニコラ、ジョフロワ、ウード、それから……それから……立《た》たされているから、ほんとうはだめなんですけどリュフュス、あなたたちが食堂《しょくどう》へ行《い》きなさい。さわいではいけませんよ。食堂《しょくどう》に行《い》けば、いすを貸《か》してくれますからね。アニャン、あなたはききわけのよい子《こ》ですから、あなたを、いす運《はこ》びの責任者《せきにんしゃ》にします」

ぼくらは大《おお》よろこびで、せんたく小屋《ごや》から外《そと》に出《で》た。するとリュフュスが、さあ、うんとこさ遊《あそ》ぼうぜ、と言《い》った。

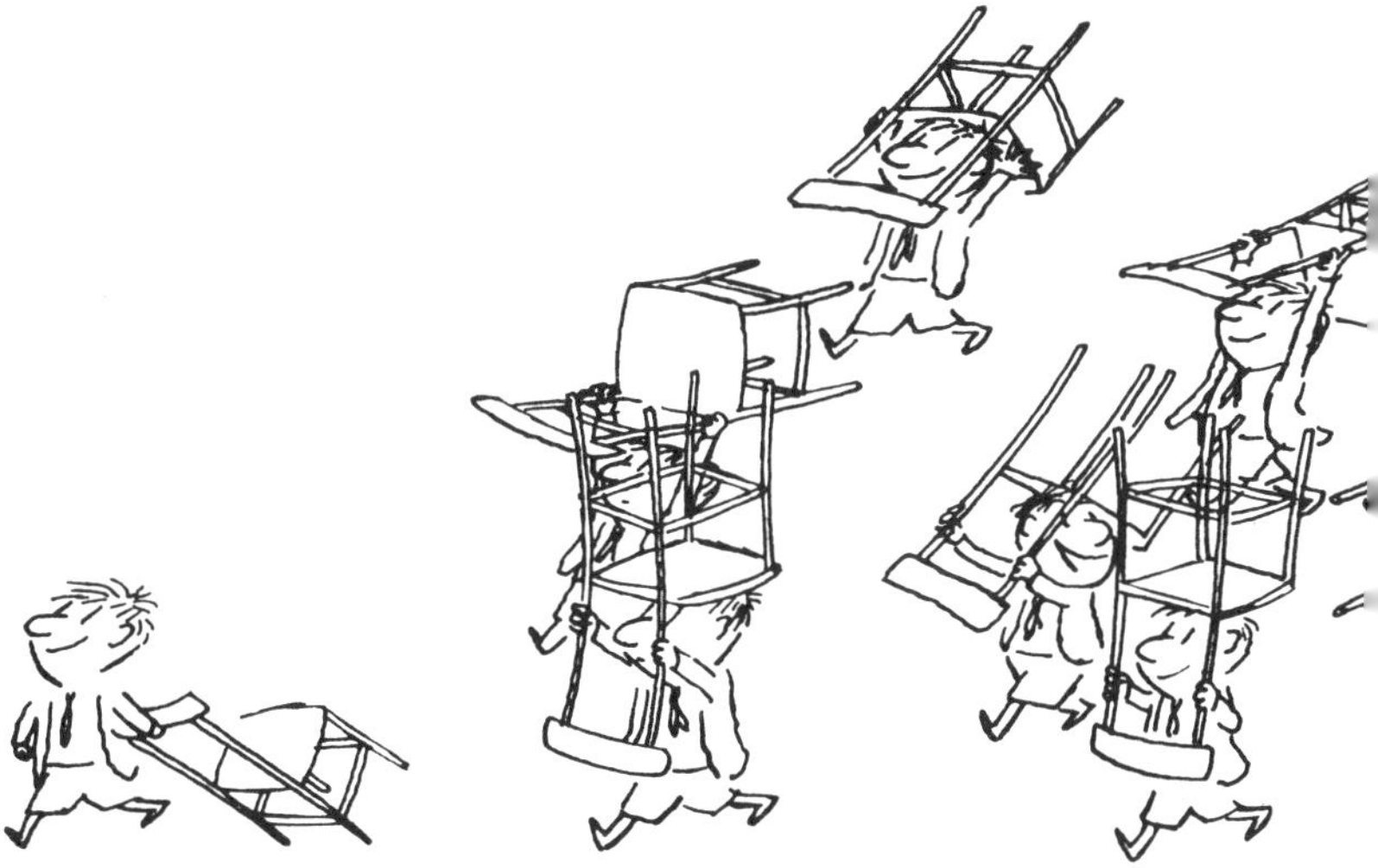

「しずかに！」と、アニャンが言《い》った。

「なんだと、先生《せんせい》のお気《き》に入《い》りは、およびじゃないぞ！」と、リュフュスが大《おお》きな声《こえ》で言《い》った。「しずかにしたくなったら、しずかにするさ。まったく、じょうだんじゃないよ！」

「ちがうよ！　ちがいますね！」と、アニャンもさけんだ。「ぼくが言《い》えば、きみはしずかにしなくちゃならないんだ。だって先生《せんせい》が、命令《めいれい》するのはぼくだと言《い》ったんだぞ。それにぼくは、先生《せんせい》のお気《き》に入《い》りじゃない。いいか、うったえてやるからな！」

「きみは、ぶってほしいのか？」と、リュフュスがきいた。

するとせんたく小屋《ごや》のドアがひらき、先生《せんせい》がぼくらに言《い》った。

「なんてことなの、あなたたちときたら！　もうもどってもいいころなのに、まだこんなところで言《い》いあらそいをしてるなんて！　メクサン、リュフュスとかわりなさい。リュフュス、わかってるわね、さあ小屋《こや》にもどりなさい！」

リュフュスが、そんなの不公平《ふこうへい》だと言《い》うと、先生《せんせい》はリュフュスに、あなたはききわけのない子《こ》だと言《い》い、もう一度《ど》注意《ちゅうい》をしてから、いいかげんにしないと、きびしい罰《ばつ》をあたえ

ますよ、と言《い》った。そして、リュフュスをからかってジョフロワがしかめっつらをしたので、ジョフロワもジョアキムと交代《こうたい》させられたんだ。

「おやおや！　きみたち、やっときたね！」と、食堂《しょくどう》でぼくらを待《ま》っていたブイヨンが言《い》った。

　ぼくらは、ブイヨンにわたされたいすをはこぶために食堂《しょくどう》とせんたく小屋《ごや》を何度《なんど》も往復《おうふく》したけど、廊下《ろうか》や階段《かいだん》ですこしふざけたのでウードがクロテールと交代《こうたい》させられ、ぼくもアルセストと交代《こうたい》したんだ。でもそのあと、ぼくはジョアキムと交代《こうたい》して、ウードは先生《せんせい》が見《み》ていないあいだに、だれとも交代《こうたい》せずに一回《かい》よけいにいすをとりに行《い》った。

　すると先生《せんせい》が、もうこれで、いすはじゅうぶんです、みんなすこししずかにしなさい、と言《い》った。

ブイヨンがいすを三《みっ》つかかえてやってきて（ブイヨンはとても力《ちから》が強《つよ》いんだ）、いすはこれでたりますかときくと、先生《せんせい》は、いすが多《おお》すぎてもう身動《みうご》きもできないので、あまったいすを食堂《しょくどう》に返《かえ》したいんです、と言《い》った。

みんなが、「ぼくが行《い》きます、先生《せんせい》！」「ぼくが！」と手《て》を上《あ》げたけど、先生《せんせい》は定規《じょうぎ》でボイラーをたたき、ブイヨンがいすをはこぶことになった。ブイヨンは二度《ど》も、行《い》ったりきたりしたんだよ。

それから先生《せんせい》が、「いすをならべてください」と言《い》ったので、ぼくらはいすをならべたけど、そこらじゅうに向《む》きもばらばらにならべたので、先生《せんせい》はものすごくおこって、ぼくらが手《て》におえないと言《い》い、自分《じぶん》で流《なが》し台《だい》に向《む》けていすをならべかえ、ぼくらにすわるように言《い》った。

するとジョアキムとクロテールが、せんたく小屋《ごや》のおくの、おなじいすにすわろうとして、押《お》し合《あ》いをはじめたんだ。

「そこでまた、なにをしてるの？」と、先生《せんせい》がさけんだ。「いいかげんにしないと、ほんとうにおこりますよ」

「ここはぼくの席《せき》なんです」と、クロテールが説明《せつめい》した。「だって、教室《きょうしつ》じゃ、ぼくはジョフロワのうしろにすわってるからです」

「そうかもしれないけど」と、ジョアキムが言《い》った。「教室《きょうしつ》だと、ジョフロワの席《せき》はアルセストのとなりじゃないから、ジョフロワも席《せき》をかわらないといけないんだ。そしてきみは、ジョフロワのうしろにすわればいい。だけど、ここはドアのすぐそばだから、ぼくの席《せき》だ」

「ぼくは、どうしても席《せき》をかわりたいんです」と、ジョフロワが立《た》ち上《あ》がって、言《い》った。

「でもニコラは席《せき》をかわってくれないし、それはリュフュスが……」

「ぶつくさ言《い》うのはおよしなさい！」と、先生《せんせい》が言《い》った。「クロテール！　すみっこへ行《い》って立《た》ってなさい！」

「先生《せんせい》、どっちのすみっこですか？」と、クロテールがきいた。教室《きょうしつ》でなら、クロテールはいつも黒板《こくばん》の左《ひだり》のすみに立《た》つけど、せんたく小屋《ごや》はすっかりようすがちがうので、まごついてしまったんだ。

でも、先生《せんせい》がひどくイライラして、クロテールに、おどけてはいけません、さもないと0点《てん》をつけますよと言《い》ったので、クロテールも、もうふざけているときではないとさとり、流《なが》し台《だい》のちょうど反対《はんたい》がわのすみへ立《た》ちに行《い》った。だけど、そこはせまくて、クロテールは、からだをちぢめるようにしてようやく立《た》つことができた。

クロテールがいなくなったので、ジョアキムはにこにこしながらいちばんうしろのいすにすわったけど、先生《せんせい》はこう言《い》った。

「だめよ、ジョアキム、あなたの顔《かお》が先生《せんせい》によく見《み》えるように、前《まえ》におすわりなさい」

それで、いちばん前《まえ》にすわっていたウードが、ジョアキムに席《せき》をゆずるために立《た》ち上《あ》がり、つづいてその列《れつ》のみんなが順々《じゅんじゅん》に席《せき》を立《た》つと、先生《せんせい》はボイラーのパイプを定規《じょうぎ》で思《おも》いきりたたきながら、大声《おおごえ》でどなった。

「しずかに！　すわりなさい！　着席《ちゃくせき》！　聞《き》こえないの？　着席《ちゃくせき》です！」

そのとき、せんたく小屋《こや》のドアがひらき、校長先生《こうちょうせんせい》が入《はい》ってきた。

「起立《きりつ》！」と、先生《せんせい》。

「着席《ちゃくせき》！」と、校長先生《こうちょうせんせい》。

「いやはや、たいしたもんだね！　みごとなさわぎっぷりだ！　きみたちの大《おお》さわぎは学校《がっこう》じゅうにきこえとるぞ！　廊下《ろうか》は走《はし》る、大声《おおごえ》でわめく、パイプをたたく！　いや、ごりっぱなもんだ！

きみたちのパパやママもさぞかし、きみたちのことを自慢《じまん》に思《おも》われることだろう。きみたちは、将来《しょうらい》まちがいなく刑務所《けいむしょ》行きになるような、ろくでもないふるまいをしたのですぞ！」

「校長先生《こうちょうせんせい》」と、とてもやさしくて、いつもぼくらの味方《みかた》をしてくれる先生《せんせい》が言《い》った。「子《こ》どもたちは、子《こ》どもたちをうけ入《い》れるのにふさわしくない環境《かんきょう》のせいで、すこし興奮《こうふん》しているだけですわ。ですからすこし混乱《こんらん》しましたけど、もうだいじょうぶです。子《こ》どもたちも、落《お》ちつきましたから」

すると校長先生《こうちょうせんせい》はにこにこして、こう言《い》った。

「そうでしょうとも、先生《せんせい》、そうでしょうとも！　よくわかりました。それに、もっと子《こ》どもたちを安心《あんしん》させてやれる知《し》らせがありますよ。職人《しょくにん》さんたちがうけ合《あ》ってくれたのですが、あすにも教室《きょうしつ》がつかえるようになるそうです。どうです、このすばらしいニュースをきけば、子《こ》どもたちもいっそう落《お》ちつくというものでしょう」

そして校長先生《こうちょうせんせい》はせんたく小屋《ごや》を出《で》て行《い》き、ぼくらは、教室《きょうしつ》がつかえるようになると知《し》って、大《おお》よろこびした。でも、先生《せんせい》がぼくらに思《おも》い出《だ》させてくれたんだけど、あしたは木《もく》曜《よう》で、どっちみち学校《がっこう》はお休《やす》みなんだよ（当時《とうじ》のフランスでは、日曜《にちよう》と木曜《もくよう》が学校《がっこう》の休《やす》みの日）。

La lampe de poche

すてきな懐中電灯《かいちゅうでんとう》

書《か》き取《と》りのテストでぼくが七番《ばん》になったので、パパは、すきなものを自分《じぶん》で買《か》いなさいと言《い》って、お金《かね》をくれた。それでぼくは学校《がっこう》の帰《かえ》りに、クラスメートたちといっしょにお店《みせ》に行《い》き、懐中電灯《かいちゅうでんとう》を買《か》った。

ぼくは前《まえ》から、この懐中電灯《かいちゅうでんとう》がほしかったんだ。それは、学校《がっこう》へ行《い》くとちゅうのお店《みせ》のショーウィンドウにかざってあったすてきな懐中電灯《かいちゅうでんとう》で、ぼくはこの懐中電灯《かいちゅうでんとう》を手《て》に入《い》れることができて、とてもうれしかった。

「でも、きみはその懐中電灯《かいちゅうでんとう》で、なにをするつもりなんだい？」と、アルセストがぼくにきいた。

「そりゃ、決《き》まってるだろ、探偵《たんてい》ごっこだよ」と、ぼくが答《こた》えた。「探偵《たんてい》は、強盗《ごうとう》の足《あし》あとをさがすために、いつも懐中電灯《かいちゅうでんとう》をもってるんだ」

「へえぇ」と、アルセストが言《い》った。「ぼくなら、もしパパがぼくになにか買《か》うようにお金《かね》をたくさんくれたら、ケーキ屋《や》さんでミルフィーユを買《か》うな。懐中電灯《かいちゅうでんとう》は、そりゃ役《やく》に立《た》つけど、なんてったって、おいしいのはミルフィーユだからね」

するとみんな、笑《わら》いはじめ、アルセストはばかげている、ニコラが懐中《かいちゅう》電灯《でんとう》を買《か》ったのは正解《せいかい》だ、と言《い》った。

「ぼくらに貸《か》してくれるかい、きみの懐中電灯《かいちゅうでんとう》を？」と、リュフュスがぼくにきいた。

「だめだよ」と、ぼくが言《い》った。「もし懐中電灯《かいちゅうでんとう》がほしけりゃ、きみたちも書《か》き取《と》りのテストで七番《ばん》になればいいんだ。じょうだんじゃないよ！」

そしてリュフュスとぼくは、どちらも腹《はら》を立《た》てたまままわかれた。もう二度《ど》と、リュフュスとは口《くち》をきかないぞ。

家《いえ》で、ぼくがママに懐中電灯《かいちゅうでんとう》を見《み》せると、ママが言《い》った。

「あら、懐中電灯《かいちゅうでんとう》ね。すてきな思《おも》いつきだこと！　でも、いいこと、そんなものでパパやママのじゃまをしないでね。さあ、お部屋《へや》で宿題《しゅくだい》をしてきなさい」

ぼくは自分《じぶん》の部屋《へや》に入《はい》ると、よろい戸《ど》をしめて部屋《へや》の中《なか》をまっ暗《くら》にし、

そこらじゅうに懐中電灯《かいちゅうでんとう》のまるい光《ひかり》をあてて遊《あそ》びはじめた。壁《かべ》や天井《てんじょう》、家具《かぐ》やベッドの下《した》、そして――ぼくはベッドの下《した》のいちばんおくで、ぼくが長《なが》いあいださがしていたビー玉《だま》を見《み》つけた。もしこのすてきな懐中電灯《かいちゅうでんとう》がなかったら、このビー玉《だま》はぜったいに見《み》つけることができなかっただろうな。

ぼくがベッドの下《した》にもぐっていると、部屋《へや》のドアがひらき、電気《でんき》がついて、ママが大声《おおごえ》で言《い》った。

「ニコラ！　どこにいるの？」

ぼくがベッドの下《した》から出《で》てくるのを見《み》たママは、いったいなんなの？　暗《くら》やみのベッドの下《した》でなにをしていたの？ときいた。ぼくが懐中電灯《かいちゅうでんとう》で遊《あそ》んでいたことを説明《せつめい》したら、ママは、あんたときたら、いったいどこでそんなことを思《おも》いついたのかしらね、死《し》ぬほどびっくりしたじゃないの、と言《い》った。そして、

「あんたがどんなかっこうをしているか、見《み》てごらんなさい。すぐに宿題《しゅくだい》をすませなさい。遊《あそ》ぶのはそれからよ。ほんとうにあんたのパパは、へんなことを思《おも》いつくもんだわ」と、

ごとを言《い》った。

ママが出《で》て行《い》ったので、ぼくは電気《でんき》を消《け》し、勉強《べんきょう》をはじめた。懐中電灯《かいちゅうでんとう》の光《ひかり》で宿題《しゅくだい》をするのは、たとえそれが算数《さんすう》だって、とてもおもしろいんだよ！

それから、ママがまたぼくの部屋《へや》にもどってきて、部屋《へや》の電気《でんき》をつけたけど、ママはごきげんななめで、

「遊《あそ》ぶ前《まえ》に宿題《しゅくだい》をすませなさいと、さっき言《い》ったはずよね？」と、ぼくに言《い》った。

「宿題《しゅくだい》をやってたんだよ」と、ぼくはママに説明《せつめい》した。

「暗《くら》がりの中《なか》で、そのへんてこな小《ちい》さなあかりで？ 目《め》がわるくなるわよ、ニコラ！」と、ママが大《おお》きな声《こえ》で言《い》った。

ぼくはママに、これはへんてこな小《ちい》さなあかりじゃないよ、とても明《あか》るいよ、と言《い》ったけど、ママはなにもきこうとせず、ぼくの懐中電灯《かいちゅうでんとう》をとり上《あ》げ、宿題《しゅくだい》がおわったら返《かえ》してあげますよ、と言《い》った。

ぼくは思《おも》いきり泣《な》こうかと思《おも》ったけど、ママが相手《あいて》だと、そんなことをしてもなんの役《やく》

にも立《た》たないことがわかっているので、できるだけいそいで宿題《しゅくだい》をかたづけた。運《うん》よく問《もん》題《だい》がやさしかったので、ぼくは、めんどりが一日《にち》に三十三・三三個《こ》の卵《たまご》をうむことが、すぐにわかった。

ぼくは階段《かいだん》をかけ下《お》りてキッチンへ行《い》き、ママに、ぼくの懐中電灯《かいちゅうでんとう》を返《かえ》してと言《い》った。

「いいわよ、でもいい子《こ》にするのよ」と、ママはぼくに言《い》った。

それからパパが帰《かえ》ってきたので、ぼくはパパにキスをしに行《い》き、ぼくのたいせつな懐中電灯《かいちゅうでんとう》を見《み》せた。するとパパは、それはいい考《かんが》えだったね、それに懐《かい》中電灯《ちゅうでんとう》なら、おまえもわたしたちにうるさくすることはないだろうからな、と言《い》った。そして、新聞《しんぶん》を読《よ》むために客間《きゃくま》のひじかけいすにすわった。

「電気《でんき》を消《け》してもいい?」と、ぼくはパパにきいた。

「電気《でんき》を消《け》すって?」と、パパが言《い》った。「電気《でんき》が

ついてるとまずいのかい、ニコラ？」

「そうじゃなくて、懐中電灯《かいちゅうでんとう》で遊《あそ》びたいの」と、ぼくが説明《せつめい》した。

「とんでもない」と、パパが言《い》った。「暗《くら》くすると、パパは新聞《しんぶん》が読《よ》めなくなるよ、わかるだろ」

「だからさ」と、ぼくが言《い》った。「ぼくが懐中電灯《かいちゅうでんとう》でパパの新聞《しんぶん》を照《て》らしてあげる。きっとおもしろいよ！」

「だめだ、ニコラ！」と、パパが大《おお》きな声《こえ》で言《い》った。「だめと言《い》ったらだめだよ、わかるね？　ぜったい、だめ！　それに、パパにうるさくしないでおくれ。パパはお仕事《しごと》でつかれてるんだ、とくにきょうはね」

それで、ぼくは泣《な》きはじめ、こんなのひどいよ、もし懐中電灯《かいちゅうでんとう》で遊《あそ》ばせてくれないなら書《か》き取《と》りのテストで七番《ばん》になってもしようがないし、もしこんなことになるとわかっていたら、ぼくはめんどりと卵《たまご》の問題《もんだい》をいそいでやったりしなかったのに、と言《い》った。

「あなたのむすこがどうかしたんですか？」と、ママがキッチンからやってきて、きいた。

「いや！　べつになにも」と、パパが言《い》った。「きみ流《りゅう》に言《い》えば、きみのむすこは、わたしに暗《くら》やみで新聞《しんぶん》を読《よ》ませたいそうだ」

「もとはと言《い》えば、どなたのせいかしらね？」と、ママが言《い》った。「この子《こ》に懐中電灯《かいちゅうでんとう》を買《か》ってやるなんて、ほんとうにたいした思《おも》いつきだわ」

「わたしが買《か》ってやったわけじゃないぞ」と、パパが大声《おおごえ》で言《い》った。「考《かんが》えなしにむだづかいをしたのは、この子《こ》だ。わたしはこの子《こ》に、みょうちくりんなライトを買《か》えなんて、言《い》っていない！　そもそも、お金《かね》を窓《まど》からすてるような、わるいくせを、この子《こ》はだれからひきついだのかね！」

「これは、みょうちくりんなライトなんかじゃないよ！」と、ぼくもさけんだ。

「まあ！」と、ママが言《い》った。「おっしゃる意味《いみ》は、ようくわかりました。でも、わたしもあなたに言《い》っておきたいことがあります。わたしのおじさんが心臓発作《しんぞうほっさ》をおこしたとき、あなたの弟《おとうと》のウジェーヌは……」

「ニコラ」と、パパが言《い》った。「二階《かい》の自分《じぶん》の部屋《へや》で遊《あそ》びなさい！　おまえには自分《じぶん》の部《へ》

屋《や》があるんだからな。よし、じゃあ行《い》きなさい。パパはね、ママとお話《はなし》があるんだ」

ぼくは二階《かい》のぼくの部屋《へや》に行《い》き、鏡《かがみ》の前《まえ》で遊《あそ》んだ。あごの下《した》から懐中電灯《かいちゅうでんとう》を上《うえ》に照《て》らすと、お化《ば》けのようになるし、懐中電灯《かいちゅうでんとう》をくわえると、ほおがまっかになる。それに、懐中《かいちゅう》電灯《でんとう》をポケットに入《い》れると、ズボンの上《うえ》から光《ひかり》が見《み》えるんだ。そして、ぼくが強盗《ごうとう》の足《あし》あとを追跡《ついせき》していたとき、晩《ばん》ごはんですよと、ママがぼくをよびにきた。

食卓《しょくたく》ではパパもママもむずかしい顔《かお》をしていたので、電気《でんき》を消《け》して食《た》べようとは言《い》い出《だ》せなかったけど、いままでに何度《なんど》か電気《でんき》のヒューズがとんだことがあったので、こんどもヒューズがとべばいいのになあと、思《おも》った。そうなればパパもママも、ぼくが懐中電灯《かいちゅうでんとう》をもっていることに大《おお》よろこびするだろう。そして晩《ばん》ごはんがおわったら、ぼくはパパと地《ち》下室《かしつ》に下《お》りて行《い》って、パパが電気《でんき》のヒューズをなおすあいだパパを照《て》らしてあげるんだ。

でも、けっきょくなにもおこらなかったので、ぼくはがっかりした。デザートにリンゴのタルトが出《で》たのは、うれしかったけどね。

ぼくはベッドに入《はい》り、ベッドの中《なか》で懐中電灯《かいちゅうでんとう》で本《ほん》を読《よ》んだ。するとママが入《はい》ってきて、言《い》った。

「ニコラ、なにをしているの！　懐中電灯《かいちゅうでんとう》を消《け》して、寝《ね》なさい！　それができないのなら、ママが懐中電灯《かいちゅうでんとう》をとり上《あ》げます。あしたの朝《あさ》、返《かえ》してあげますからね」

「わあ！　いやだよ……わあ！　いやだよ」と、ぼくはさけんだ。

「懐中電灯《かいちゅうでんとう》ぐらい、もたせておきなさい！」と、パパが大声《おおごえ》で言《い》った。「自分《じぶん》の家《いえ》では、もうすこししずかにすごしたいもんだね！」

するとママは一《ひと》つ大《おお》きなためいきをつき、ぼくの部屋《へや》を出《で》て行《い》ったので、ぼくは毛布《もうふ》の中《なか》にもぐった。懐中電灯《かいちゅうでんとう》があると、毛布《もうふ》の中《なか》って、みんなが考《かんが》えつかないほどおもしろいんだよ。それからぼくは眠《ねむ》った。

つぎの朝《あさ》、ママがぼくをおこしたとき、懐中電灯《かいちゅうでんとう》はベッドのおくにあったけど、あかりが消《き》えていて、もういくらやってもつかないんだ！

「当然《とうぜん》だわ」と、ママが言《い》った。「電池《でんち》がなくなったのよ。電池《でんち》の交換《こうかん》はできないし、おあいにくさまね。さあ、顔《かお》を洗《あら》ってらっしゃい」

朝《あさ》ごはんを食《た》べているとき、パパがぼくに言《い》った。

「いいかい、ニコラ、めそめそするのはやめなさい。こんどのことは、いい教訓《きょうくん》になったね。おまえはパパがあげたお金《かね》を、必要《ひつよう》でもない、すぐにこわれてしまうものを買《か》うためにつかったんだ。これにこりて、もっとおりこうにならないといけないよ」

だから今夜《こんや》、パパとママは、ほんとうはぼくがおりこうだったとわかって大《おお》よろこびすると思《おも》うな。だって、ぼくは学校《がっこう》で、もうつかえない懐中電灯《かいちゅうでんとう》をリュフュスのホイッスルと交換《こうかん》したんだけど、このホイッスルはとても大《おお》きな音《おと》が出《で》るんだ。

La roulette

いかさまルーレット

大金持《おおがねも》ちのパパがいて、ほしいものをなんでも買《か》ってもらえるジョフロワは、いつも、学校《がっこう》へすごいものをもってくる。

　きょうジョフロワは、カバンにルーレットを入《い》れて学校《がっこう》にきたけど、休《やす》み時間《じかん》に、それをぼくらに見《み》せてくれた。ルーレットというのは、数字《すうじ》が書《か》かれた、ぐるぐるまわる小《ちい》さな円盤《えんばん》で、その上《うえ》に白《しろ》い玉《たま》がのっかっているんだ。

「まず円盤《えんばん》をまわす」と、ジョフロワはぼくらに説明《せつめい》した。「そして円盤《えんばん》がとまると、玉《たま》もどれかの数字《すうじ》の前《まえ》にとまる。もし自分《じぶん》が賭《か》けていた数字《すうじ》の前《まえ》で、コツン！と玉《たま》がとまったら、ゲームに勝《か》ったことになるんだ」

「かんたんすぎないか」と、リュフュスが言《い》った。「きっと、なにか仕掛《しか》けがあるな」

「ぼくは、カウボーイ映画《えいが》でルーレットをやるのを見《み》たことがあるよ」と、メクサンが言《い》った。「でもそのルーレットはいかさまで、若《わか》い男《おとこ》がピストルをぬいて敵《てき》をぜんぶ殺《ころ》し、窓《まど》からとび出《だ》して馬《うま》にのると、いちもくさんに走《はし》りさるんだ。パカパカパカ、パカパカパカ！」

「そうそう！　ぼくも、あの映画《えいが》のルーレットはいかさまだと、ちゃんと知《し》ってたんだ！」と、リュフュスが言《い》った。

「まぬけだな」と、ジョフロワが言《い》った。「まぬけのメクサンの見《み》た映画《えいが》のルーレットがいかさまだったからって、ぼくのルーレットもいかさまだって言《い》うのかい！」

「だれがまぬけだって？」と、リュフュスとメクサンがきいた。

「ぼくはテレビドラマでルーレットをやるのを見《み》たけど」と、クロテールが言《い》った。「テーブルの上《うえ》に数字《すうじ》を書《か》いた布《ぬの》があって、お客《きゃく》が数字《すうじ》の上《うえ》に、チップというコインみたいなものをおいていた。そしてチップをとられると、お客《きゃく》はものすごくカッカするんだ」

「そのとおり」と、ジョフロワが言《い》った。「ぼくのルーレットの箱《はこ》の中《なか》にも、数字《すうじ》を書《か》いた緑色《みどりいろ》の布《ぬの》とチップがたくさん入《はい》ってたけど、ママが、どっちも学校《がっこう》にもって行《い》っちゃいけないと言《い》ったんだ。でも、そんなのなくったって、遊《あそ》べるさ」

そして、ジョフロワはぼくらに、きみたちは数字《すうじ》に賭《か》けるだけでいい、ぼくがルーレットをまわすから、玉《たま》がとまった数字《すうじ》に賭《か》けた者《もの》が勝《か》ちだ、と言《い》った。

「でも、チップがないんなら、なにをつかって賭《か》けるんだい？」と、ぼくがきいた。

「なんだそんなこと」と、ジョフロワが言《い》った。「みんな、コインをもってるだろ。チップのかわりに、コインを賭《か》けて遊《あそ》べばいい。コインをチップのようにつかって、勝《か》った者《もの》が、みんなのコインをひとりじめするんだ」

「ぼくは、コインを出《だ》すのはいやだ」と、休《やす》み時間《じかん》に食《た》べる二《ふた》つめのジャムパンをむしゃむしゃやりながら、アルセストが言《い》った。「学校《がっこう》の帰《かえ》りに、チョコレート入《い》りのプチパンを買《か》うんだからな」

「だったら、もしきみが勝《か》って、みんなのコインをひとりじめしたら、チョコレート入《い》りのプチパンがどっさり買《か》えるじゃないか」と、ジョアキムが言《い》った。

「へえ！　そうなのかい？」と、ウードが言《い》った。「じゃ、もしこのふとっちょがたまたま数字《すうじ》をあてたら、このふとっちょは、ぼくのコインでチョコレート入《い》りのプチパンを買《か》うのかい？　まっぴらだね！　そんなのはゲームじゃないや！」

すると、ふとっちょと言《い》われるのが大《だい》きらいなアルセストが、ものすごく腹《はら》を立《た》てた。そして、ぼくはウードのあり金《がね》をまき上《あ》げて、ウードの目《め》の前《まえ》でプチパンを食《た》べてやる、ウードになんか一《ひと》つもあげないで、大笑《おおわら》いをしてやる、ほんとうだぞ、と言《い》った。

「よし、やるぞ」と、ジョフロワが言《い》った。「賭《か》けたくないやつとは遊《あそ》ばない、これで決《き》まりだ！　ぐずぐず言《い》ってると、休《やす》み時間《じかん》がおわってしまうぞ！　さあ、番号《ばんごう》をえらんでくれ！」

ぼくらはみんなルーレットのまわりにしゃがみこみ、数字《すうじ》を決《き》めてから、コインを地面《じめん》においた。ぼくは12番《ばん》、アルセストは6番《ばん》、クロテールは0番《ばん》、ジョアキムは20番《ばん》、メクサンは5番《ばん》、ウードは25番《ばん》、ジョフロワは36番《ばん》だ。でもリュフュスだけは、いかさまルーレットでコインをとられたくないと言《い》って、賭《か》けようとしなかった。

「へい、どうしたどうした！　へい、どうしたんだい！　イライラさせるやつだな、きみは！」と、ジョフロワがさけんだ。「いかさまなんかないって、言《い》ってるじゃないか！」

「それじゃ、それを証明《しょうめい》してくれ」と、リュフュスが言《い》った。

「さあ、早《はや》くやろうよ！」と、アルセストが大声《おおごえ》で言《い》った。

それでジョフロワがルーレットをまわすと、小《ち》さな白《しろ》い玉《たま》は24番《ばん》のところにとまった。

「なんだ、24番《ばん》か」と、顔《かお》をまっかにしたアルセストが言《い》った。

「そらみろ！　だから、このルーレットはいかさまだと言《い》ったんだ」と、リュフュスが言《い》った。「だれも勝《か》ちがいないじゃないか！」

「ちがうね、ぼくの勝《か》ちだ！」と、ウードが言《い》った。「ぼくは25番《ばん》に賭《か》けたけど、24番《ばん》にいちばん近《ちか》いのは25番《ばん》だぜ。」

「きみは、どこのルーレットをやってるつもりだい?」と、ジョフロワがさけんだ。「きみは25番《ばん》に賭《か》けた、もし25番《ばん》が出《で》なかったら負《ま》けさ。それだけのことだよ! はい、みなさん、ごくろうさま」

「ジョフロワの言《い》うとおりだよ」と、アルセストが言《い》った。「だれも勝《か》たなかったんだから、やりなおそう」

「ちょっと待《ま》った」と、ジョフロワが言《い》った。「ちょっと待《ま》てよ。だれも勝《か》ちじゃないときは、ルーレットの胴元《どうもと》の勝《か》ちだ。胴元《どうもと》が、みんなもらうんだよ!」

「テレビじゃ、たしかに、そのとおりだったな」と、クロテールが言《い》った。

「きみはひっこんでろ」と、アルセストがさけんだ。「ここはテレビじゃないぜ! そんなふうにやるなら、ぼくのほうこそ、はい、みなさん、ごくろうさま、だ。ぼくはコインを返《かえ》してもらうからな」

「そんなことはできないぞ」と、ジョフロワが言《い》った。「きみは負《ま》けたんだ」

「勝《か》ったのは、ぼくだからな」と、ウードが言《い》った。

それでみんなはワイワイガヤガヤ言《い》い合《あ》いになったけど、生徒指導《せいとしどう》のブイヨンとムシャビエール先生《せんせい》が校庭《こうてい》の向《む》こうからぼくらを見《み》ているのに気《き》づいたので、ぼくらは仲《なか》なおりをした。

「さっきのは練習《れんしゅう》だ」と、ジョフロワが言《い》った。「こんどこそ、本番《ほんばん》だぞ……」

「よし」と、リュフュスが言《い》った。「ぼくは24番《ばん》だ」

「きみはさっき、ぼくのルーレットがいかさまだから賭《か》けないと言《い》わなかったっけ？」と、ジョフロワがきいた。

「言《い》ったよ」と、リュフュスが答《こた》えた。「このルーレットは、いかさまで24番《ばん》が出《で》るようになってるんだ！　ぼくは、さっきのゲームで、それをたしかめたのさ」

ジョフロワはリュフュスの顔《かお》を見《み》て、おかしいんじゃないかと言《い》うふうに、ひたいに指《ゆび》を一本《ぽん》あて、その指《ゆび》をねじこむまねをしながら、もう片方《かたほう》の手《て》でルーレットをまわした。ところが白《しろ》い玉《たま》はまた24番《ばん》のところにとまったので、ジョフロワは指《ゆび》をねじこむまねをやめ、両目《りょうめ》をお皿《さら》のようにまるくした。

リュフュスが、顔《かお》じゅうにんまりさせながらコインを集《あつ》めようとしたとき、ウードがリュフュスをつきとばした。

「だめだ」と、ウードが言《い》った。「ぼくらのお金《かね》に手《て》を出《だ》すな。きみは、いかさまをしたんだからな」

「ぼくがいかさまをしたって？」と、リュフュスがさけんだ。「いかさまギャンブラーは、きみのほうだ！　ぼくは24番《ばん》に賭《か》けて、ぼくが勝《か》ったんだ！」
「このルーレットがいかさまだと言《い》ったのは、きみだ」と、ジョフロワがさけんだ。「二回《かい》もつづけておなじ数字《すうじ》が出《で》るなんて、そんなはずはないんだ」
さあ、それからがたいへんだった。みんな、だれかれかまわずけんかになり、ブイヨンがムシャビエール先生《せんせい》といっしよにとんできた。

「やめなさい！　しずかにするんだ！」と、ブイヨンがどなった。「さっきからムシャビエール先生《せんせい》とわたしは、きみたちのようすを見《み》ていたんだ。さあ、わたしの目《め》をよく見《み》なさい！　きみたちは、なんでもめていたのかな？」

「ルーレットをしてたんだけど、みんながいかさまをやるんです」と、リュフュスが言《い》った。「ぼくが勝《か》ったのに……」

「うそだ」と、アルセストが大声《おおごえ》で言《い》った。「きみが勝《か》ったんじゃないぞ。だれも、ぼくのお金《かね》に手《て》を出《だ》すな！　ぼくは、これっきりおしまいにするぜ！」

「ルーレットだと！」と、ブイヨンがさけんだ。「きみたち、校庭《こうてい》でルーレットをしていたのか？　そして、その地面《じめん》においてあるのは……なんと、コインじゃないか！　いやはや、ムシャビエール先生《せんせい》、このばちあたりどもはお金《かね》を賭《か》けていたんだよ！

まったく、きみらのパパとママは、ギャンブルがいけないことだと教《おし》えてくれなかったのか？　ギャンブルをすると、破産《はさん》したり、刑務所《けいむしょ》に入《はい》らなければならないようになるし、ギャンブルほど人《ひと》をだらくさせるものはないということを、きみらは知《し》らんのか？　一度《ど》でもこの病気《びょうき》にとりつかれたら、きみらは知《し》らず知《し》らずのうちにだらくするのだぞ！　ムシャビエール先生《せんせい》、休《やす》み時間終了《じかんしゅうりょう》のカネをならしてください。わたしは、このルーレットとお金《かね》を没収《ぼっしゅう》します。それから、きみら全員《ぜんいん》には、厳重《げんじゅう》な注意《ちゅうい》をあたえる」

授業《じゅぎょう》がおわってからぼくらは、いつもとおなじように、とり上《あ》げられたものを返《かえ》してもらうためにブイヨンに会《あ》いに行《い》った。

ブイヨンはまだおこっていて、ぼくらをすごい目《め》でにらみつけた。そして、ジョフロワにルーレットを返《かえ》しながら、言《い》った。

「こんなプレゼントをするとは、きみのパパやママにもこまったものだ。もう二度《ど》と、こんないまわしい有害《ゆうがい》なゲームを学校《がっこう》にもってくるんじゃないぞ！」

お金《かね》のほうは、ムシャビエール先生《せんせい》が、笑《わら》いながら、みんなに返《かえ》してくれた。

La visite de mémé
メメがとまりにきた

※1 メメになにをしてくれるの？
※2 キスに決《き》まってる！

ぼくは、すごくうれしいんだ。だって、メメが二、三日《にち》、うちにとまりにくるんだもの。メメはぼくのママのママで、いつも、とてもすてきなプレゼントをいっぱいくれるから、ぼくはメメのことが大《だい》すきなんだ。

きょうの午後《ごご》、パパは会社《かいしゃ》を早《はや》びけして、メメを駅《えき》へむかえに行《い》ったけど、メメはひと足先《さき》にタクシーでやってきた。

「ママ！」と、ママが大声《おおごえ》で言《い》った。「ずいぶん早《はや》いじゃない！」

「そうなの」と、メメが言《い》った。「十六時《じ》十三分《ぷん》のじゃなくて、十五時《じ》四十七分《ふん》の列車《れっしゃ》できたのよ。それでね、わざわざお金《かね》をつかって、電話《でんわ》であんたたちに知《し》らせるまでもないと思《おも》ったものだから……。

まあ、ニコラ、なんて大《おお》きくなったの！　もうりっぱな、小《ちい》さな紳士《しんし》だね！　さあ、早《はや》くメメにキスしてちょうだいな。駅《えき》の荷物《にもつ》あずかりにあずけてきた大《おお》きなスーツケースには、ニコラをびっくりさせるものがいっぱい入《はい》ってるのよ！……ところで、あんたのだんなさまはどこにいるの？」

「だって」と、ママが答《こた》えた。「あの人《ひと》、ママをむかえに行《い》ったのよ。いまごろ、駅《えき》についているころだわ、かわいそうに！」

それを聞《き》くとメメは大笑《おおわら》いをし、パパが帰《かえ》ってきても、まだ笑《わら》っていた。

「ねえ、メメ！」と、ぼくは大《おお》きな声《こえ》で言《い》った。「ねえ、メメ！　ぼくのおみやげは？」

「ニコラ！　おだまりなさい！　はずかしくないの？」と、ママがぼくをしかった。

「いいえ、あんたの言《い》うとおりだわ、わたしのかわいい天使《てんし》ちゃん」と、メメが言《い》った。「ただね、駅《えき》にむかえの人《ひと》がだれもいなかったので、わたしはスーツケースを、荷物《にもつ》あずかりにあずけてきたのよ。

※キスしてちょうだい…

なにしろ、とても重《おも》いスーツケースだからね。きっと、あんたのパパがスーツケースをとりに行《い》ってくれると思《おも》うけど……」

パパはメメの顔《かお》を見《み》て、なにも言《い》わずにまた出《で》て行《い》った。帰《かえ》ってきたとき、パパは、すこしくたびれたようすだった。メメのスーツケースがとても大《おお》きくて、とても重《おも》かったからで、パパはスーツケースを両手《りょうて》ではこばなければならなかったんだ。

「中《なか》に、なにが入《はい》っているんです？」と、パパがきいた。「鉄床《かなとこ》ですか？」

でも、パパはまちがっていた。メメは鉄床《かなとこ》なんかもってこなかった。スーツケースの中《なか》には、ぼくのためのつみ木《き》セットとスゴロク（ぼくはもう、二《ふた》つもってるけど）と、赤《あか》いボールと、小《ちい》さな自動車《じどうしゃ》と消防車《しょうぼうしゃ》と、音楽《おんがく》をかなでるコマが入《はい》っていたんだ。

「だけど、これじゃあんまりニコラをあまやかしすぎるわ！」と、ママがさけんだ。

「あまやかしすぎるだって、わたしのニコラを？　わたしのかわいい孫《まご》を？　わたしの天《てん》使《し》をかい？」と、メメが言《い》った。「とんでもないわ！　さあ、ニコラ、わたしにキスしてちょうだい！」

ぼくのキスがすむとメメは、荷物《にもつ》を整理《せいり》したいのだけど、わたしはどこに寝《ね》るの、ときいた。

「ニコラのベッドじゃ小《ちい》さすぎるし」と、ママが言《い》った。「もちろん客間《きゃくま》のソファーでも寝《ね》られるけれど、ママは、わたしといっしょじゃいやかしら、わたしたちの寝室《しんしつ》で……」

「いやいや、とんでもない」と、メメが言《い》った。「わたしならソファーでけっこうよ。坐骨《ざこつ》神経痛《しんけいつう》も、もうちかごろじゃ、とんといたまないから」

「だめ、だめ、だめよ！」と、ママが言《い》った。「わたしたち、ママをソファーに寝《ね》かせるなんてできないわ！　そうでしょう、あなた？」

「もちろんさ」と、パパはママを見《み》ながら言《い》った。

パパはメメのスーツケースを二階《かい》の寝室《しんしつ》へはこび、メメが荷物《にもつ》の整理《せいり》をしているあいだに、下《した》におりてきた。パパはいつものように新聞《しんぶん》をもって客間《きゃくま》のひじかけいすに腰《こし》かけ、ぼくはコマで遊《あそ》びはじめたけど、それは赤《あか》ちゃん用《よう》のおもちゃで、あまりおもしろくなかった。

「もうすこし向《む》こうで遊《あそ》べないかい？」と、パパがぼくに言《い》った。
そこへメメがおりてきて、いすにすわり、コマは気《き》に入《い》ったかい、うまくまわせるかい、とぼくにきいた。ぼくがコマをまわしてみせると、メメはとてもおどろいて大《おお》よろこびし、わたしにキスしてちょうだいと言《い》った。

それからメメは、新聞《しんぶん》を貸《か》してくださいな、とパパに言《い》った。列車《れっしゃ》にのるとき、新聞《しんぶん》を買《か》うひまがなかったんだって。それでパパが立《た》って新聞《しんぶん》をわたしたら、メメは、パパのひじかけいすにすわった。新聞《しんぶん》を読《よ》むには、そこがいちばん明《あか》るいんだ。

「食事《しょくじ》ですよ！」と、ママが大《おお》きな声《こえ》で言《い》ったので、ぼくらは食堂《しょくどう》に行《い》った。

晩《ばん》ごはんは、すごかった！　ママは、マヨネーズたっぷりの（ぼくはマヨネーズが大《だい》すきなんだ）つめたい魚料理《さかなりょうり》を出《だ》し、そのつぎにカモのグリンピース添《ぞ》えを出《だ》した。それから、チーズとクリームケーキとくだものだ。

メメは、どのお皿《さら》もぼくにおかわりさせてくれ、ケーキなんか、ぼくがふたきれ食《た》べたあとで、メメのぶんのひときれも、ぼくにくれたんだよ。

「それじゃ、ニコラが病気《びょうき》になりますよ」と、パパが言《い》った。

「まあ。これくらいなら、ニコラはへいきですよ」と、メメが言《い》った。

それからメメは、旅《たび》でとてもつかれたので早《はや》く休《やす》みたいわと言《い》って、みんなにキスをした。パパは、自分《じぶん》もとてもつかれている、それに、きょうメメを駅《えき》へむかえに行《い》くために早《はや》びけしたから、あしたは早《はや》めに会社《かいしゃ》に行《い》かなければならない、と言《い》った。それでみんなは寝《ね》ることになった。

ぼくは夜《よる》のうちに、ひどい病気《びょうき》になった。いちばん早《はや》くきてくれたのはパパで、パパは

※キスしてちょうだい…

客間《きゃくま》から二階《かい》にかけ上《あ》がってきた。メメもおきてきたけど、とても心配《しんぱい》そうに、これはふつうじゃないわねと言《い》い、小児科《しょうにか》のドクターに見《み》てもらえないかしら、ときいた。でも、ぼくはそれからまた眠《ねむ》ってしまったんだ。

朝《あさ》、ママがぼくをおこしにきたとき、パパもいっしょにぼくの部屋《へや》に入《はい》ってきた。

「きみのママに、いそぐように言《い》ってくれないかな？」と、パパがママに言《い》った。「もう一時間《じかん》もバスルームを占領《せんりょう》してるんだよ！　まったく、バスルームでこんなに長《なが》く、なにをすることがあるのかと思《おも》うね！」

「おふろに入《はい》ってるのよ」と、ママが言《い》った。「ママにも、おふろに入《はい》る権利《けんり》があるわ、そうでしょ？」

「でも、いそいでるんだ、わたしは！」と、パパが大《おお》きな声《こえ》で言《い》った。「きみのママは、どこへ出《で》かけるわけでもないけど、わたしは、会社《かいしゃ》に行《い》かなければならないんだ！　遅刻《ちこく》してしまうよ！」

「しずかにしてちょうだい」と、ママが言《い》った。「ママに、あなたの声《こえ》がきこえてしまうわ！」

「きこえたって、それがどうした！」と、パパがさけんだ。「夜《よる》は、あのひどいソファーで寝《ね》かされて、わたしは……」

「子《こ》どもの前《まえ》で、やめてくださいな！」と、おこって顔《かお》をまっかにしたママが言《い》った。「ええ、ええ、よくわかっていますとも。わたしのママがきてから、あなたはママに不《ふ》ゆかいな態度《たいど》ばかり！　そうですとも、わたしの家族《かぞく》がくると、あなたはいつもこうなんだわ。それにひきかえ、あなたの弟《おとうと》のウジェーヌは、

※キスしてちょうだい…

たとえば……」

「わかった、もういいよ」と、パパが言《い》った。「ウジェーヌは関係《かんけい》ない。じゃ、きみのママに、わたしのひげそりと石《せっ》けんをとってもらってくれ。わたしは、台所《だいどころ》で顔《かお》を洗《あら》うから」

パパが朝《あさ》ごはんにきたとき、メメとぼくはもうテーブルについていた。

「ニコラ、いそぎなさい」と、パパがぼくに言《い》った。「おまえも遅刻《ちこく》するよ！」

「なんですって？」と、メメが言《い》った。「夜《よる》あんなに苦《くる》しんでいたのに、もうこの子《こ》を学《がっ》校《こう》に行《い》かせるつもり？　ほら、この子《こ》をよく見《み》てごらん！　顔《かお》がすこし青白《あおじろ》いじゃないの。おお、かわいそうにね、ニコラ、ぐあいがわるいみたいね？」

「うん、気分《きぶん》がわるい」と、ぼくが言《い》った。

「まあ、やっぱり」と、メメが言《い》った。「わたしは、とにかくこの子《こ》を、かかりつけのドクターに見《み》せるべきだと思《おも》うわ」

「いいえ、いいのよ」と、コーヒーをもって入《はい》ってきたママが言《い》った。「ニコラは学校《がっこう》へ行《い》かせます！」

それでぼくは泣《な》きはじめ、ぼくはとても気分《きぶん》がわるいし顔《かお》も青白《あおじろ》いよ、と言《い》ったんだ。そしたらママがぼくをしかったけど、メメが口《くち》をはさんで、さし出口《でぐち》はしたくないけれど、ニコラが一日《にち》ぐらい学校《がっこう》をお休《やす》みしてもたいしたことではないと思《おも》うし、わたしにしてもいつも孫《まご》に会《あ》えるわけではないからねと言《い》ったので、ママは、いいわ、わかりました、でもこんどだけよ、と言《い》った。でもママは、あまり満足《まんぞく》したようすじゃなかった。そしてメメはぼくに、わたしにキスしてちょうだい、と言《い》った。

「それじゃ、わたしは出《で》かけるよ」と、パパが言《い》った。「今夜《こんや》は、あまりおそくならないようにするからね」

「いずれにしても」と、メメが言《い》った。「わたしのために、あんたたちの習慣《しゅうかん》を、とくにかえたりしないでおくれね。わたしがここにいないつもりで、やってちょうだいな」

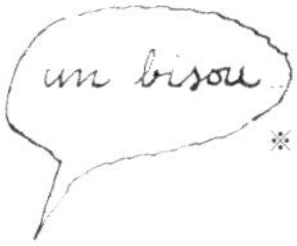

※キスしてちょうだい…

Leçon de code

交通《こうつう》規則《きそく》の学習《がくしゅう》をしたけれど……

※ ポスター禁止《きんし》

ときどき、学校《がっこう》へ行《い》くとちゅうで、何人《なんにん》かのクラスメートといっしょになることがある。そうするとぼくらは、ふざけたり遊《あそ》んだりする。お店《みせ》のショーウィンドウを見《み》たり、足《あし》をひっかけ合《あ》ったり、カバンをたたき落《お》としたりする。そのあとで、時間《じかん》におくれそうになって、学校《がっこう》まで一生《いっしょう》けんめいに走《はし》らないといけなくなるんだけどね。

きょうの午後《ごご》もぼくは、ぼくより遠《とお》くに住《す》んでいるアルセストやウードやリュフュスやクロテールといっしょに走《はし》ったんだ。

ぼくらが校門《こうもん》めざして、走《はし》って通《とお》りを横《よこ》ぎっていたら（もうカネがなっていた）、ウードがリュフュスに足《あし》がけをくらわした。それでリュフュスはころんだけど、立《た》ち上《あ》がってウードに言《い》った。

「おい、ウード、男《おとこ》なら、ちょっと顔《かお》をかしな！」

だけどウードとリュフュスは、勝負《しょうぶ》することができなかった。というのも、走《はし》ってきた車《くるま》をぼくらの直前《ちょくぜん》でとめてくれたおまわりさんが、こわい顔《かお》をして、ぼくら全員《ぜんいん》を道路《どうろ》のまん中《なか》によびあつめて、言《い》ったんだ。

「きみたちの道路《どうろ》の横断《おうだん》のしかたときたら、どうなっているのかね？　学校《がっこう》では、きみたちになにも教《おし》えてくれないのか？　道路《どうろ》の上《うえ》でふざけていたら、車《くるま》にひかれてしまうんだよ。とくにリュフュス、きみにはおどろいたな、きみのパパにこのことを話《はな》そうかな！」

リュフュスのパパは警官《けいかん》だから、おまわりさんはみんなリュフュスのパパを知《し》っているんだけど、これがリュフュスにはとてもやっかいなことなんだ。

「ええっ！　だめだよ、バドウルさん」と、リュフュスが言《い》った。「ぼく、もうやらない

から！　それに、これはウードのせいなんだ。ウードがぼくに足《あし》をひっかけたんだよ！」

「告《つ》げ口《ぐち》小僧《こぞう》！」と、ウードがさけんだ。

「男《おとこ》なら、顔《かお》をかせよ、ウード！」と、リュフュスもさけんだ。

「やめないか！」と、おまわりさんがさけんだ。「いつまでもこうしてはいられないんだ。わたしはこの場《ば》の交通整理《こうつうせいり》をするから、きみたちはさっさと学校《がっこう》へ行《い》きなさい、遅刻《ちこく》するぞ」

ぼくたちは学校《がっこう》へ入《はい》り、とめられていた自動車《じどうしゃ》がおまわりさんの合図《あいず》で走《はし》り出《だ》した。

ぼくらが、午後《ごご》のさいごの授業《じゅぎょう》のために休《やす》み時間《じかん》からもどると、先生《せんせい》がぼくらに言《い》った。

「みなさん、時間割《じかんわり》では、つぎは文法《ぶんぽう》の時間《じかん》ですが、文法《ぶんぽう》の授業《じゅぎょう》はとりやめます……」

先生《せんせい》のお気《き》に入《い》りで勉強《べんきょう》がよくできるアニャンをべつにして、ぼくらはみんな「ワーイ！」と言《い》ったので、先生《せんせい》は定規《じょうぎ》で教卓《きょうたく》をたたいた。

「しずかにしなさい！　文法《ぶんぽう》はとりやめです。と言《い》うのも、さきほどとても重大《じゅうだい》なできごとがあったからです。みなさんの安全《あんぜん》を見《み》まもってくださ

るおまわりさんが、校長先生《こうちょうせんせい》に報告《ほうこく》に見《み》えたのです。

おまわりさんは校長先生《こうちょうせんせい》に、みなさんが道路《どうろ》で走《はし》ったりふざけたり、まるでむちゃくちゃな横断《おうだん》のしかたをして、自分《じぶん》の命《いのち》を危険《きけん》にさらしていると報告《ほうこく》したのです。先生《せんせい》も、みなさんが道路《どうろ》を不注意《ふちゅうい》に走《はし》ってわたるのを、よく見《み》かけました。ですから校長先生《こうちょうせんせい》は、みなさんのために道路交通法《どうろこうつうほう》の授業《じゅぎょう》をするようにと、わたしにおっしゃいました。

ジョフロワ、先生《せんせい》のお話《はなし》に興味《きょうみ》がなくても、せめて友《とも》だちがお話《はなし》をきくじゃまはしないようになさい。クロテール！　先生《せんせい》はいま、なんと言《い》いましたか？」

クロテールは罰《ばつ》として立《た》ちに行《い》き、先生《せんせい》は、一《ひと》つ大《おお》きなためいきをついてから質問《しつもん》した。

「だれか、道路交通法《どうろこうつうほう》とはなにか、先生《せんせい》に説明《せつめい》できる人《ひと》？」

アニャン、メクサン、ジョアキム、ぼく、そしてリュフュスが指《ゆび》を立《た》てた。

「それじゃ、メクサン！」と、先生《せんせい》が言《い》った。

「道路交通法《どうろこうつうほう》とは」と、メクサンが言《い》った。「自動車教習所《じどうしゃきょうしゅうじょ》でくれる小《ちい》さな本《ほん》で、運転免《うんてんめん》許《きょ》をとるために暗記《あんき》しなくてはならないものです。ぼくのママが一さつもってますけど、でもママは、運転免許《うんてんめんきょ》がとれなかったんです。ママが言《い》うには、試験官《しけんかん》が本《ほん》にのっていない問題《もんだい》を出《だ》したからだって……」

「わかりました！　もういいわ、メクサン」と、先生《せんせい》が言《い》った。

「……それからぼくのママは、べつの自動車教習所《じどうしゃきょうしゅうじょ》に行《い》くと言《い》いました。そこの人《ひと》が、ママに運転免許《うんてんめんきょ》をとらせてあげると約束《やくそく》してくれたからです……」

「わかったと言《い》ったでしょう、メクサン。着席《ちゃくせき》しなさい！」と、先生《せんせい》が大《おお》きな声《こえ》で言《い》った。

「アニャン、手《て》を下《お》ろしなさい。あなたにはあとで質問《しつもん》します。

道路交通法《どうろこうつうほう》とは、道路利用者《どうろりようしゃ》の安全《あんぜん》を規定《きてい》する、すべての規則《きそく》のことです。自動車《じどうしゃ》を運《うん》転《てん》するドライバーだけでなく、歩行者《ほこうしゃ》も関係《かんけい》があります。よいドライバーになるためには、まずよい歩行者《ほこうしゃ》にならねばなりません。そしてみなさんは全員《ぜんいん》、よいドライバーになりたいと思《おも》っていると先生《せんせい》は考《かんが》えますが、そうですね？

さあ、それじゃあ……道路《どうろ》を横断《おうだん》するときの注意《ちゅうい》にはどんなことがあるか、先生《せんせい》に言《い》える人《ひと》？　……はい、アニャン」

「へへんだ！」と、メクサンが言《い》った。「アニャンはぜったいに、ひとりでは道路《どうろ》を横断《おうだん》しないよ。いつも、ママに学校《がっこう》につれてきてもらうんだ。アニャンは、ママと手《て》をつないでるぞ！」

「うそだ！」と、アニャンがさけんだ。「ぼくはもう、ひとりで学校《がっこう》にこられる。それに、ママと手《て》をつないだりはしない！」

「だまりなさい！」と、先生《せんせい》がさけんだ。「いいかげんにしないと、文法《ぶんぽう》の授業《じゅぎょう》をはじめますよ。みなさんが大《おお》きくなって、じょうずに車《くるま》が運転《うんてん》できなくても、それはみなさんのせいですからね。

それからメクサン、あなたは、つぎの文《ぶん》の動詞《どうし》を活用《かつよう》させてきなさい――ぼくは道路《どうろ》を横断《おうだん》するときはじゅうぶん注意《ちゅうい》して、安全《あんぜん》をたしかめなければいけない、軽率《けいそつ》に走《はし》って車《しゃ》道《どう》にとび出《だ》してはならない――」

そして先生《せんせい》は、黒板《こくばん》に四本《ほん》の線《せん》を交差《こうさ》させた絵《え》をかき、こう説明《せつめい》した。

「これは交差点《こうさてん》です。横断《おうだん》するときは、みなさんは横断歩道《おうだんほどう》を歩《ある》きます。もしおまわりさんがいれば、おまわりさんがみなさんに〈わたれ〉の合図《あいず》をするのを待《ま》ちます。もし信号《しんごう》があれば、信号《しんごう》をよく見《み》て、青《あお》になるまでわたらないこと。どの場合《ばあい》でも、みなさんは車《しゃ》道《どう》を横断《おうだん》する前《まえ》に右《みぎ》と左《ひだり》をよく見《み》なければいけません。そしてとくに、ぜったいに走《はし》らないようにしましょう。

ニコラ、先生《せんせい》がいま話《はな》したことをくり返《かえ》しなさい」

ぼくは、先生《せんせい》のお話《はなし》をくり返《かえ》した。信号《しんごう》のところをのぞけばほとんどぜんぶ言《い》えたので、先生《せんせい》はよろしいと言《い》って、ぼくに18点《てん》をくれた。アニャンが20点《てん》で、ほかのみんなは15点《てん》と18点《てん》のあいだだったけど、クロテールだけはべつだった。クロテールは、ぼくは罰《ばっ》として立《た》たされていたので先生《せんせい》のお話《はなし》を聞《き》かなくてもいいと思《おも》っていました、と言《い》ったんだ。

それから、校長先生《こうちょうせんせい》が教室《きょうしつ》に入《はい》ってきた。

「起立《きりつ》!」と、先生《せんせい》が言《い》った。

「着席《ちゃくせき》!」と、校長先生《こうちょうせんせい》が言《い》った。「ところで、先生《せんせい》、道路交通法《どうろこうつうほう》の学習《がくしゅう》はおわりましたかな?」

「はい、校長先生《こうちょうせんせい》」と、先生《せんせい》が言《い》った。「生徒《せいと》たちはみんな、とてもおとなしくしていましたので、きっとよく理解《りかい》したと思《おも》います」

すると校長先生《こうちょうせんせい》は、にこにこ笑《わら》いながら言《い》った。

「すばらしい! たいへんけっこうです。もうこれで、生徒《せいと》たちの行動《こうどう》に関《かん》して警察《けいさつ》から苦情《くじょう》がくることもないでしょう。これからは、学習《がくしゅう》したことを実行《じっこう》するみなさんのすがたを見《み》せてもらうことにしましょう」

校長先生《こうちょうせんせい》が出《で》て行《い》って、ぼくらがふたたび着席《ちゃくせき》したとたんにカネがなったので、ぼくらは席《せき》を立《た》って帰《かえ》ろうとした。でも、先生《せんせい》がぼくらにこう言《い》った。

「いそがないで、走《はし》らないで！　階段《かいだん》はゆっくり降《お》りましょう。先生《せんせい》は、みなさんが道路《どうろ》を横断《おうだん》するのを見《み》ていますよ。そうすれば、みなさんがちゃんと学習《がくしゅう》したかどうかわかりますからね」

ぼくらは、先生《せんせい》といっしょに学校《がっこう》の外《そと》に出《で》た。すると、ぼくらを見《み》たおまわりさんがにっこりと笑《わら》って車《くるま》をとめ、ぼくらに〈わたれ〉の合図《あいず》をした。

「さあ、みなさん、わたってください」と、先生《せんせい》がぼくらに言《い》った。

「でも、走《はし》らないで！　先生《せんせい》はここから見《み》ていますよ」

それでぼくらは列《れつ》を作《つく》り、うんとゆっくり道路《どうろ》を横断《おうだん》した。道《みち》をわたってからふり向《む》くと、校長室《こうちょうしつ》の窓《まど》からぼくらを見《み》ている校長先生《こうちょうせんせい》と、

向《む》こうがわの歩道《ほどう》で、にこにこしながらおまわりさんと話《はなし》をしている先生《せんせい》が見《み》えた。

「とてもよくできましたよ！」と、先生《せんせい》が大《おお》きな声《こえ》でぼくらに言《い》った。「おまわりさんも先生《せんせい》も、みなさんに満足《まんぞく》しています。それじゃ、みなさん、また、あした！」

それでぼくらはひとりのこらず、先生《せんせい》とさよならの握手《あくしゅ》をするために道路《どうろ》をかけもどったんだ。

Leçon de choses

忘《わす》れられない実物教育《じつぶつきょういく》

「あしたはとくべつに、実物教育《じつぶつきょういく》をやります。みなさんひとりひとりが、品物《しなもの》を一《ひと》つ、たとえば旅行《りょこう》のおみやげとか、お気《き》に入《い》りの品《しな》なんかをもってくるように」と、先生《せんせい》がぼくらに説明《せつめい》した。

「そして、みなさんはそれぞれ、自分《じぶん》のもってきた品物《しなもの》について解説《かいせつ》します。その品物《しなもの》のことをしらべてきて、ひとりひとりがみんなに、品物《しなもの》の由来《ゆらい》とそれにまつわる思《おも》い出《で》を話《はな》すのです。この授業《じゅぎょう》は、実物教育《じつぶつきょういく》と地理《ちり》と作文《さくぶん》をかねたものになるんですよ」

「でも、どんな品物《しなもの》をもってくればいいんですか？」と、クロテールが質問《しつもん》した。

「それは、いま話《はな》しましたよ、クロテール」と、先生《せんせい》が答《こた》えた。「興味《きょうみ》ぶかい品物《しなもの》、歴史《れきし》のある品物《しなもの》です。そうそう、これは二、三年前《ねんまえ》のことですが、ある生徒《せいと》が恐竜《きょうりゅう》の骨《ほね》をもってきました。その子《こ》のおじさんが、地面《じめん》を掘《ほ》って見《み》つけたのだそうです。だれか、恐竜《きょうりゅう》がどんなものか、先生《せんせい》に言《い》える人《ひと》？」

アニャンが手《て》を上《あ》げたけど、みんないっせいに、もってくる品物《しなもの》のことを話《はな》しはじめたので、先生《せんせい》が定規《じょうぎ》で教卓《きょうたく》をたたく音《おと》や先生《せんせい》のお気《き》に入《い》りのアニャンの話《はなし》を、ぼくらはきくことができなかった。

家《いえ》に帰《かえ》ると、ぼくはパパに、旅行《りょこう》の思《おも》い出《で》の品《しな》のすごいやつを学校《がっこう》にもって行《い》かないといけない、と話《はな》した。

「実物教育《じつぶつきょういく》とは、いい考《かんが》えだ」と、パパが言《い》った。「実物《じつぶつ》を見《み》ることで、その授業《じゅぎょう》がわすれられないものになるんだよ。ニコラの先生《せんせい》はとてもりっぱだね、とても現代的《げんだいてき》だよ。さて、それではと……なにをもって行《い》けばいいのかな？」

「先生《せんせい》は、いちばんすごかったのは恐竜《きょうりゅう》の骨《ほね》だったと言《い》ってたよ」と、ぼくは説明《せつめい》した。

パパは、目《め》をお皿《さら》のようにまるくして、ぼくにきいた。

「恐竜《きょうりゅう》の骨《ほね》だって？　よく考《かんが》えたものだな！　でも、パパに、どこから恐竜《きょうりゅう》の骨《ほね》をもってこいと言《い》うんだい？　だめだよ、ニコラ。なにか、もっとかんたんなものでがまんするんだね」

そこでぼくはパパに、ぼくはかんたんな品物《しなもの》なんかもって行《い》きたくない、友《とも》だちをびっくりさせる品物《しなもの》をもって行《い》きたいんだと言《い》ったけど、パパは、おまえが友《とも》だちをびっくりさせられるような品物《しなもの》を、パパはもっていないよと言《い》った。

それでぼくが、だれもびっくりしないような品物《しなもの》をもって行《い》くくらいなら、ぼくはあした学校《がっこう》に行《い》かないほうがいいと言《い》うと、パパはぼくに、パパはもううんざりだ、おまえのデザートをとり上《あ》げてしまいたい気分《きぶん》だ、おまえの先生《せんせい》はほんとうにへんてこな授業《じゅぎょう》を思《おも》いついたもんだ、と言《い》った。それでぼくは、客間《きゃくま》のひじかけいすにキックを入《い》れた。

パパがぼくに、おまえはぶたれたいのかと言《い》ったので、ぼくが泣《な》きはじめると、ママがキッチンからかけつけてきた。

「なんですか、また?」と、ママがきいた。「パパとニコラをふたりきりにすると、いつもこんなさわぎになるのね。ニコラ! 泣《な》くのはよしなさい。いったいどうしたの?」

「わたしが恐竜《きょうりゅう》の骨《ほね》はないと言《い》ったら、きみのむすこが腹《はら》を立《た》てたんだ」と、パパが言《い》った。

するとママが、パパとぼくをじっと見《み》て、この家《いえ》ではみんなおかしくなってしまったの?ときいたので、パパがくわしくわけを話《はな》すと、ママがぼくに言《い》った。

「でもねえ、ニコラ、なにも大《おお》げさに考《かんが》えることはないのよ。そうだわ、戸棚《とだな》の中《なか》に、わたしたちが旅行《りょこう》したときの、すてきな思《おも》い出《で》の品《しな》がありますよ。たとえば、バカンスに行《い》ったバン・レ・メール(海浜温泉《かいひんおんせん》)で買《か》った、あの大《おお》きな貝《かい》がら」

「そうとも!」と、パパが言《い》った。「あの貝《かい》がらなら、世界《せかい》じゅうの恐竜《きょうりゅう》の骨《ほね》ぜんぶとおなじくらいのねうちがあるぞ!」

ぼくが、貝《かい》がらじゃクラスメートがびっくりするかどうかわからないよ、と言《い》うと、ママは、あんたのクラスメートは貝《かい》がらをすごいと思《おも》うだろうし、先生《せんせい》もきっとほめてくださるわ、と言《い》った。そしてパパが、〈バン・レ・メールみやげ〉と上《うえ》に書《か》いてある、とても大《おお》きな貝《かい》がらをとりに行《い》った。

パパはぼくに、バン・レ・メールでのバカンスや、アンブラン島《とう》への遠足《えんそく》や、ホテルにはらったお金《かね》のことなんかも話《はな》せば、みんな

をびっくりさせることができるぞ、と言《い》った。もし、それでもクラスメートがびっくりしないなら、それはぼくのクラスメートがなかなかびっくりしないようにできているからなんだって。

ママは笑《わら》って、お食事《しょくじ》にしましょう、と言《い》った。

よく日《じつ》ぼくは、クリ色《いろ》の紙《かみ》につつんだ貝《かい》がらをもって、はりきって学校《がっこう》に出《で》かけた。

ぼくが学校《がっこう》につくと、もうクラスメートたちはみんなそろっていて、なにをもってきたか、ぼくにきいた。

「きみたちは?」と、ぼくがきくと、

「あっ、ぼくは教室《きょうしつ》で見《み》せる」と、かくしごとをするのが大《だい》すきなジョフロワが言《い》った。

ほかのみんなもなにも言《い》いたがらなかったけど、ジョアキムだけは、ぼくらが考《かんが》えつくかぎりでは最高《さいこう》にかっこいいナイフを見《み》せた。

「これはペーパーナイフだ」と、ジョアキムは説明《せつめい》した。「アブドンおじさんが、パパへのおみやげに、スペインのトレドで買《か》ってきたんだ」

するとブイヨンが（ブイヨンはぼくらの生徒指導《せいとしどう》の先生《せんせい》だけど、ブイヨンというのはほんとうの名《な》まえじゃない）ジョアキムのところへやってきて、学校《がっこう》へ危険《きけん》なものをもってこないよう何百回《なんびゃっかい》も注意《ちゅうい》したはずだぞ、と言《い》って、ペーパーナイフをとり上《あ》げたんだ。

「でも」と、ジョアキムがさけんだ。「ペーパーナイフをもってくるように言《い》ったのは、ぼくらの先生《せんせい》なんです！」

「なに？」と、ブイヨンが言《い》った。「先生《せんせい》がきみに、こんな武《ぶ》器《き》を学校《がっこう》にもってくるように言《い》っただって？　よろしい。どうやら、ナイフをとり上《あ》げるだけではすまないようだね。きみは、つぎの文《ぶん》の動詞《どうし》を活用《かつよう》させて、わたしに提出《ていしゅつ》しなさい――ぼくは、学校《がっこう》にこっそりもちこんだ、とくべつに危険《きけん》な品物《しなもの》について生徒指導《せいとしどう》の先生《せんせい》に質問《しつもん》されたとき、うそをついてはならない――。

さけんでも、むだだ。それから、ほかのみんなもだまりなさい。さもないと、全員《ぜんいん》におなじ罰《ばつ》をあたえるぞ！」

そしてブイヨンはカネをならしに行《い》き、ぼくらは整列《せいれつ》したけど、ぼくらが教室《きょうしつ》に入《はい》ってもジョアキムはやっぱり泣《な》いていた。

「またはじまったのね」と、先生《せんせい》が言《い》った。「さあ、ジョアキム、どうしたのですか？」

ジョアキムが説明《せつめい》すると、先生《せんせい》はためいきをついてから、ナイフをもってくるのはあまりいい考《かんが》えではありませんが、わたしがデュボン先生《せんせい》とお話《はなし》をしてみましょう、と言《い》った。

デュボン先生《せんせい》というのが、ブイヨンのほんとうの名《な》まえなんだ。

「それでは」と、先生《せんせい》が言《い》った。「みなさんがなにをもってきたか、見《み》せてもらいましょう。品物《しなもの》をみなさんの前《まえ》、みなさんの机《つくえ》の上《うえ》においてください」

それでぼくらはみんな、もってきた品物《しなもの》を出《だ》した。アルセストは、ブルターニュに行《い》ったときパパとママにつれて行《い》ってもらい、とてもたくさん食《た》べたレストランのメニューをもってきた。ウードはコートダジュールの絵《え》はがきを、アニャンは、パパとママにノルマンディーで買《か》ってもらった地理《ちり》の本《ほん》をもってきた。

だけどクロテールは、言《い》いわけしかもってこなかった。というのもクロテールは、先生《せんせい》に言《い》われたことがよくわからず骨《ほね》をもってこないといけないと思《おも》っていたので、うちでは見《み》つけることができませんでした、と先生《せんせい》に言《い》ったんだ。

それからメクサンとリュフュス、このまぬけのふたりは、どちらも貝《かい》がらをもってきていた。

「でも、ぼくのは」と、リュフュスが言《い》った。「ぼくがおぼれている男《おとこ》の人《ひと》をたすけたときに、砂浜《すなはま》で見《み》つけたやつだよ」

「笑《わら》わせるなよ」と、メクサンが大声《おおごえ》で言《い》い返《かえ》した。「だいいち、きみは水《みず》に浮《う》くこともできないじゃないか。それに、もしきみがその貝《かい》がらを砂浜《すなはま》で見《み》つけたと言《い》うなら、どうして貝《かい》がらに〈プラージュ・デ・ゾリゾン（水平線海岸《すいへいせんかいがん》）〉と書《か》いてあるんだい？」

「そうだ、そうだ！」と、ぼくがさけぶと、

「平手《ひらて》うちをくらいたいのか？」と、リュフュスがぼくにきいた。

「リュフュス、外《そと》に出《で》なさい！」と、先生《せんせい》が大《おお》きな声《こえ》で言《い》った。「あなたに、木曜日《もくようび》に登《とう》校《こう》する罰《ばつ》をあたえます。ニコラとメクサンも、休《やす》みの日《ひ》に登校《とうこう》するのがいやなら、しずかにしなさい！」

「ぼくは、スイスのおみやげをもってきました」と、ジョフロワがにたにた笑《わら》いながら、とくいそうに言《い》った。「パパがスイスで買《か》った金時計《きんどけい》です」

「金時計《きんどけい》ですって？」と、先生《せんせい》がさけんだ。「それで、あなたのパパは、あなたが金時計《きんどけい》を学校《がっこう》にもってくるのを知《し》ってらっしゃるの？」

「もちろん知《し》らないけど」と、ジョフロワが言《い》った。「でも、先生《せんせい》がぼくに金時計《きんどけい》をもってくるように言《い》ったとパパに言《い》えば、パパもぼくをしからないと思《おも》うな」

「わたしが金時計《きんどけい》を？……」と、先生《せんせい》は大《おお》きな声《こえ》で言《い》った。「とんでもないわ！　その金《きん》

時計《どけい》を、早《はや》くポケットにしまいなさい！」

「ペーパーナイフをもって帰《かえ》らないと、ぼくもパパにひどくしかられちゃうよ」と、ジョアキムが言《い》った。

「それはさっき言《い》ったでしょ、ジョアキム」と、先生《せんせい》が大《おお》きな声《こえ》で言《い》った。「あとでわたしが、ちゃんと返《かえ》してもらいます」

「先生《せんせい》」と、ジョフロワも大声《おおごえ》で言《い》った。「金時計《きんどけい》がどこかへ行《い》っちゃったよ！ 先生《せんせい》に言《い》われたとおり、ぼくは金《きん》時計《どけい》をポケットに入《い》れたのに、ポケットの中《なか》にないんです！」

「なに言《い》ってるの、ジョフロワ」と、先生《せんせい》が言《い》った。「そのあたりにあるはずよ。机《つくえ》の下《した》は、さがしてみたの？」

「はい、先生《せんせい》」と、ジョフロワが答《こた》えた。「でも、ないん

です」

　すると先生《せんせい》は、ジョフロワのいすにかけより、あちこちさがしはじめた。先生《せんせい》はぼくらにも、いっしょにさがすように、でも金時計《きんどけい》をふまないように気《き》をつけてと指示《しじ》したけど、メクサンがぼくの貝《かい》がらを床《ゆか》に落《お》としたので、ぼくはメクサンに平手《ひらて》うちをくらわせた。先生《せんせい》が大声《おおごえ》でどなって、ぼくらに居《い》のこりの罰《ばつ》をあたえると、ジョフロワが、もし金時《きんど》計《けい》が見《み》つからなければ先生《せんせい》がパパに話《はな》しに行《い》かないといけないんだと言《い》い出《だ》し、ジョアキムも、先生《せんせい》はペーパーナイフのことでぼくのパパに話《はな》しに行《い》かないといけなくなるよと言《い》った。

　でもけっきょく、なにもかも、とてもうまくけりがついた。というのも、金時計《きんどけい》はジョフロワの上着《うわぎ》の裏地《うらじ》のあいだから出《で》てきたし、ブイヨンがジョアキムにペーパーナイフを返《かえ》し、先生《せんせい》はみんなの罰《ばつ》をとりけしたからだ。

　きょうの授業《じゅぎょう》は、とてもおもしろかったな。そして先生《せんせい》も、あなたがたがもってきた品《しな》物《もの》のおかげで、先生《せんせい》は、きょうの授業《じゅぎょう》をけっしてわすれないでしょう、と話《はな》したんだ。

A la bonne franquette

社長《しゃちょう》夫《ふ》妻《さい》とざっくばらんに

ムーシュブームさんが今夜《こんや》、うちに晩《ばん》ごはんを食《た》べにくるんだ。ムーシュブームさんはパパの会社《かいしゃ》の社長《しゃちょう》さんで、おくさんのマダム・ムーシュブームといっしょにくるんだよ。今夜《こんや》の晩《ばん》ごはんのことが話《はなし》に出《で》ていたのはもう何日《なんにち》も前《まえ》からで、けさのパパとママはとても気《き》が立《た》っていた。ママは、ものすごくいそがしそうだった。パパはきのう、ママを車《くるま》で市場《いちば》につれて行《い》ったけど、こんなことはめったにないんだ。

ぼくは、これはうんとすごいことになると思《おも》った。とくにママが、もう準備《じゅんび》がまに合《あ》わないわと言《い》うときは、クリスマスのように豪華《ごうか》な食事《しょくじ》になるんだ。

夕方《ゆうがた》ぼくが学校《がっこう》から帰《かえ》ると、家《いえ》の中《なか》はきれいにそうじされ、家具《かぐ》のカバーもはずされて、とてもへんな感《かん》じだった。食堂《しょくどう》に入《はい》ると、テーブルが補助《ほじょ》テーブルをつけたしてひろげられ、厚《あつ》くて白《しろ》いテーブルクロスの上《うえ》に、ふだん食《た》べるときはめったにつかわない、金《きん》のふちどりのあるお皿《さら》がならべられていた。そして一《ひと》つ一《ひと》つのお皿《さら》の向《む》こうに、うんと細長《ほそなが》いのや、いろいろなグラスが、たくさんおいてあった。

ぼくはびっくりした。だってパパもママも、この細長《ほそなが》いグラスをいままで一度《ど》もサイドボードから出《だ》したことがなかったんだもの。それからぼくは、ママが食器《しょっき》をひとりぶん、ならべわすれているのに気《き》づいたので、笑《わら》ってしまった。

ぼくがキッチンに走《はし》って行《い》くと、ママが、黒《くろ》い服《ふく》を着《き》て白《しろ》いエプロンをつけたおばさんと話《はな》しているのが見《み》えた。髪《かみ》をきれいにととのえたママは、とてもすてきだった。

「ママ！」と、ぼくは大声《おおごえ》でさけんだ。「テーブルのお皿《さら》が、一《ひと》つたりないよ！」

ママは悲鳴《ひめい》を上《あ》げ、すばやくぼくのほうをふり向《む》いて、言《い》った。

「ニコラ！　ママがいつも言《い》ってるでしょ、そんな大声《おおごえ》を出《だ》さずに、もっとおぎょうぎよく家《いえ》の中《なか》に入《はい》ってきなさいって。おまえはママを、とてもびっくりさせたのよ。それでなくてもママは、イライラしているんですからね」

それでぼくは、ママにごめんなさいと言《い》ったけど、ほんとうにママはイライラしたようすだった。

そして、ぼくがもう一度《ど》、テーブルのお皿《さら》がひとりぶんたりないことを説明《せつめい》すると、「いいの、お皿《さら》はたりています」と、ママは言《い》った。「宿題《しゅくだい》をしてらっしゃい。ママをそっとしておいてね」

「よくないよ、お皿《さら》がたりないんだ」と、ぼくは言《い》った。「ぼくとパパとママとムーシュブームさんとマダム・ムーシュブームで五人《にん》でしょ。だけどお皿《さら》は四《よっ》つしかないから、みんなが食《た》べにきて、もしママかパパかムーシュブームさんかマダム・ムーシュブームかのお皿《さら》がなかったら、大《おお》さわぎになるじゃないか！」

ママは一《ひと》つ大《おお》きなためいきをついて、いすに腰《こし》かけ、ぼくを両腕《りょううで》にだくと、お皿《さら》はぜんぶそろっているのよ、と言《い》い、ニコラにはうんとききわけをよくしてもらいたいのだけど、お客《きゃく》さまのいるディナーはとてもたいくつなの、だからあなたはいっしょのテーブルでは食《た》べないのよ、と言《い》った。

それでぼくは泣《な》きはじめ、ぼくはこういう晩《ばん》ごはんはすこしもたいくつじゃない、きっとものすごく楽《たの》しいだろうと思《おも》う、もしほかの人《ひと》たちと楽《たの》しくすごせないならぼくは自殺《じさつ》してやる、ほんとうだよ、ぜったいに、うそじゃないからね！　と言《い》った。

そこへ、パパが会社《かいしゃ》から帰《かえ》ってきた。

「どう？」と、パパがきいた。「ぜんぶ用意《ようい》できたかい？」

「だめだよ、用意《ようい》なんかできてないや」と、ぼくがさけんだ。「ママはテーブルにぼくのお皿《さら》を出《だ》さないで、ぼくをのけものにするんだ！　不公平《ふこうへい》だ！　不公平《ふこうへい》だ！　こんなの不公平《ふこうへい》だ！」

「まあ！　もうたくさんだわ」と、ママがさけんだ。「わたしは何日《なんにち》も前《まえ》から心《こころ》をくだいて、このディナーの用意《ようい》をしてきたのよ！　でも、わたしはテーブルにはつきませんよ！　ええ、そうですとも！　わたしはテーブルにつきませんからね！　ニコラがわたしの席《せき》にすわればいいんだわ！　そうでしょ！　それでおしまい！　もう、けっこうよ！　ムーシュブームだろうとムーシュブームでなかろうと、わたしはもううんざり！　ふたりでうまくやりなさい！」

そしてママはキッチンのドアをバタンとしめて出《で》て行《い》ったけど、ぼくもこれにはびっく

りして、泣《な》くのをやめた。

パパは顔《かお》に手《て》をあて、ママがすわっていたいすに腰《こし》かけ、ぼくを両腕《りょううで》にだいた。

「すごいな、ニコラ、すごいぞ！」と、パパがぼくに言《い》った。「とうとうママを、すっかりおこらせてしまったじゃないか。これで、おまえの望《のぞ》みどおりになったかい？」

ぼくは、ちがう、ぼくはママをおこらせたりしたくない、ぼくはみんなとおなじテーブルで楽《たの》しくすごしたいだけだ、と言《い》った。するとパパはぼくに、ディナーはとてもたいくつだから、もしおまえがぐずぐず言《い》わずにキッチンで食事《しょくじ》をするなら、あしたパパが映画《えいが》につれて行《い》ってあげるよ、それから動物園《どうぶつえん》に行《い》っておやつを食《た》べよう、それに、おまえをあっと言《い》わせるプレゼントも用意《ようい》してあるんだ、と言《い》った。

「そのプレゼントは、かどのお店《みせ》のショーウィンドウにある、小《ち》さなブルーの自動車《じどうしゃ》なの？」と、ぼくがきいた。

パパがそうだと言《い》ったので、ぼくはわかったと言《い》った。ぼくはプレゼントが大《だい》すきだし、パパとママをよろこばせるのも大《だい》すきなんだもの。

それからパパは、ママを呼《よ》びに行《い》き、ママといっしょにキッチンにもどってくると、ママに、万事了解《ばんじりょうかい》、ニコラは一人前《いちにんまえ》の男《おとこ》だよと言《い》った。するとママが、ニコラはおにいちゃんだと、わたしは信《しん》じていたわと言《い》い、ぼくにキスしてくれたので、ぼくはとてもうれしかった。

パパが、冷蔵庫《れいぞうこ》から、オードブルはどんなぐあいかときくと、黒《くろ》い服《ふく》に白《しろ》いエプロンをしたおばさんが冷蔵庫から、マヨネーズをいっぱいかけたすごいロブスターを出《だ》した。ぼくのいとこのフェリシテの初聖体《はっせいたい》のお祝《いわ》いのときに食《た》べたようなロブスターで、あのときぼくは病気《びょうき》になったんだ。

ぼくが、ぼくもそれを食《た》べられるの？ときくと、黒《くろ》い服《ふく》に白《しろ》いエプロンのおばさんはロブスターを冷蔵庫《れいぞうこ》にしまいながら、これは子《こ》どもの食《た》べるものではありませんよ、と言《い》った。パパが笑《わら》いながら、もしおあまりがあればニコラも、あしたの朝《あさ》のコーヒーのときに食《た》べていいけど、あまりあてにしてはいけないぞ、と言《い》った。

ぼくはキッチンのテーブルで、オリーブと小《ちい》さな熱《あつ》あつのソーセージとアーモンドとヴォロヴァン（肉《にく》または魚《さかな》のクリーム煮《に》をつめたパイ）とフルーツサラダをすこし食《た》べた。おいしかったよ。

「さあ、それじゃ、ニコラはベッドに行《い》きなさい」と、ママが言《い》った。「新《あたら》しい黄色《きいろ》のパジャマを着《き》るのよ。まだ時間《じかん》が早《はや》いから、本《ほん》を読《よ》んでるといいわ。ムーシュブームさんたちが見《み》えたら、ママが呼《よ》びに行《い》くから、下《した》におりてきてお客《きゃく》さまにごあいさつするのよ」

「うーむ……きみはどうしても、ニコラにあいさつをさせる必要《ひつよう》があると思《おも》うのかい？」

と、パパがきいた。

「ええ、もちろんよ」と、ママが言《い》った。「そう決《き》めたじゃありませんか」

「だけどわたしは、ニコラがなにかへまをやらないかと心配《しんぱい》だなあ」と、パパが言《い》った。

「ニコラはもう、一人前《いちにんまえ》の男《おとこ》の子《こ》よ。へまなんかやりません」と、ママが言《い》った。

「ニコラ」と、パパがぼくに言《い》った。「きょうのディナーは、パパにはとてもたいせつなことなんだ。だからおまえも、うんと礼儀《れいぎ》ただしくしておくれ。おまえはごあいさつをして、それからは、なにか質問《しつもん》されたときだけ返事《へんじ》をするんだぞ。とくに、よけいなことは言《い》わないこと。約束《やくそく》するね？」

ぼくは約束《やくそく》したけど、パパがあんなに心配《しんぱい》そうな顔《かお》をしているなんて、すこしへんな気《き》がした。

ぼくが二階《かい》に行《い》ってしばらくすると、玄関《げんかん》の呼《よ》びりんがなり、大《おお》きな声《こえ》がきこえ、すぐにママがぼくを呼《よ》びにきた。

「お誕生日《たんじょうび》におばあちゃんにもらったガウンを着《き》なさい。さあ、くるのよ」と、ママは言《い》った。

ちょうど、おもしろいカウボーイの話《はなし》を読《よ》んでいるところだったので、ぼくが下《した》には行《い》きたくないと言《い》うと、ママはすごい目《め》でぼくをにらんだ。それでぼくも、これはふざけている場合《ばあい》じゃないとわかったんだ。

ぼくがママと客間《きゃくま》におりて行《い》くとムーシュブームさんとおくさんがいて、ふたりはぼく

を見《み》ると、たくさんのことをさけびはじめた。
「ニコラが、どうしても、おふたりにお会《あ》いしたいと申《もう》しましたので」と、ママが言《い》った。「申《もう》しわけありませんが、子《こ》どもの言《い》うことですから、どうか……」
ムーシュブームさんとおくさんはまだいろんなことをさけんでいたけど、ぼくが握手《あくしゅ》をして「こんばんは」と言《い》うと、マダム・ムーシュブームがママに、ニコラはもうはしかにかかったの、ときいた。それからムーシュブームさんが、この子《こ》は学校《がっこう》ではよく勉強《べんきょう》するかいときいたけど、パパがぼくをずっとにらんでいたので、ぼくはしゃべらないようにちゃんと気《き》をつけて、おとなたちがお話《はなし》をしているあいだに、いすに腰《こし》かけていたんだ。
「つまり」と、パパが言《い》った。「わたしどもはおふたりを、もったいぶらずに、ざっくばらんにおむかえしたいわけでして……」

「そのほうが、わたしたちもうれしいね」と、ムーシュブームさんが言《い》った。「家庭的《かていてき》な夜《よる》のつどい、これこそがすばらしいんだ！　とくに、このわたしにはね。なにしろわたしは、パーティーというパーティーに出席《しゅっせき》せねばならないし、パーティーと言《い》えばつきもののマヨネーズのかかったロブスターも食《た》べあきとるのでな、いやはや」

みんな大《おお》きな声《こえ》で笑《わら》った。それからマダム・ムーシュブームが、小《ちい》さな子《こ》どもの世話《せわ》でさぞいそがしいにちがいないママに、よけいな仕事《しごと》をふやすことになり、申《もう》しわけなく思《おも》っています、と言《い》った。だけどママは、とんでもありません、お客《きゃく》さまをおむかえするのはうれしいことですし、お手《て》つだいさんがよくたすけてくれましたので、と答《こた》えた。

「あなたは運《うん》のよろしいこと」と、マダム・ムーシュブームが言《い》った。「宅《たく》では、お手《て》つだいさんにめぐまれませんの！　つまり、宅《たく》にはあの人《ひと》たちがいつきませんのよ」

「まあ、うちのお手《て》つだいさんは申《もう》しぶんない人《ひと》ですわ」と、ママが言《い》った。「もう、うちに長《なが》いんですのよ。それに、これがとてもたいせつなことなのですが、子《こ》どもが大《だい》すきな人《ひと》なんです」

　それから、黒《くろ》い服《ふく》に白《しろ》いエプロンのおばさんが入《はい》ってきて、ママに、お食事《しょくじ》のご用意《ようい》ができましたと言《い》った。ぼくは、びっくりした。だってぼくは、ママもほかの人《ひと》たちといっしょに食《た》べるとばかり思《おも》っていたんだもの。

「それじゃ、ニコラは、ベッドにお行《い》き！」と、パパがぼくに言《い》った。

　それでぼくは、マダム・ムーシュブームと握手《あくしゅ》をし礼儀《れいぎ》ただしく「おやすみなさいませ」と言《い》い、ムーシュブームさんと握手《あくしゅ》をし礼儀《れいぎ》ただしく「おやすみなさいませ」と言《い》い、それから黒《くろ》い服《ふく》に白《しろ》いエプロンのおばさんにもおなじように「おやすみなさいませ」と言《い》って、二階《かい》へ寝《ね》に行《い》ったんだよ。

La tombola

福引《ふくびき》

きょう、授業《じゅぎょう》のおわりに、先生《せんせい》がぼくらに、学校《がっこう》で福引《ふくびき》をやる予定《よてい》です、と言《い》った。先《せん》生《せい》はクロテールに、福引《ふくびき》は宝《たから》くじのようなもので、参加《さんか》したい人《ひと》が番号《ばんごう》のついた券《けん》を買《か》い、宝《たから》くじのように抽選《ちゅうせん》で数字《すうじ》をひいて、当《あ》たりの番号《ばんごう》をもっている人《ひと》が賞品《しょうひん》をもらうのだけれど、こんどの賞品《しょうひん》は自転車《じてんしゃ》ですよ、と説明《せつめい》した。

先生《せんせい》は、集《あつ》まったお金《かね》は地区《ちく》の子《こ》どもたちがスポーツをするためのグラウンドを作《つく》るのにつかわれるのです、とも言《い》った。

でもぼくらは、先生《せんせい》の言《い》ってることがあまりピンとこなかった。だって、ぼくらにはも

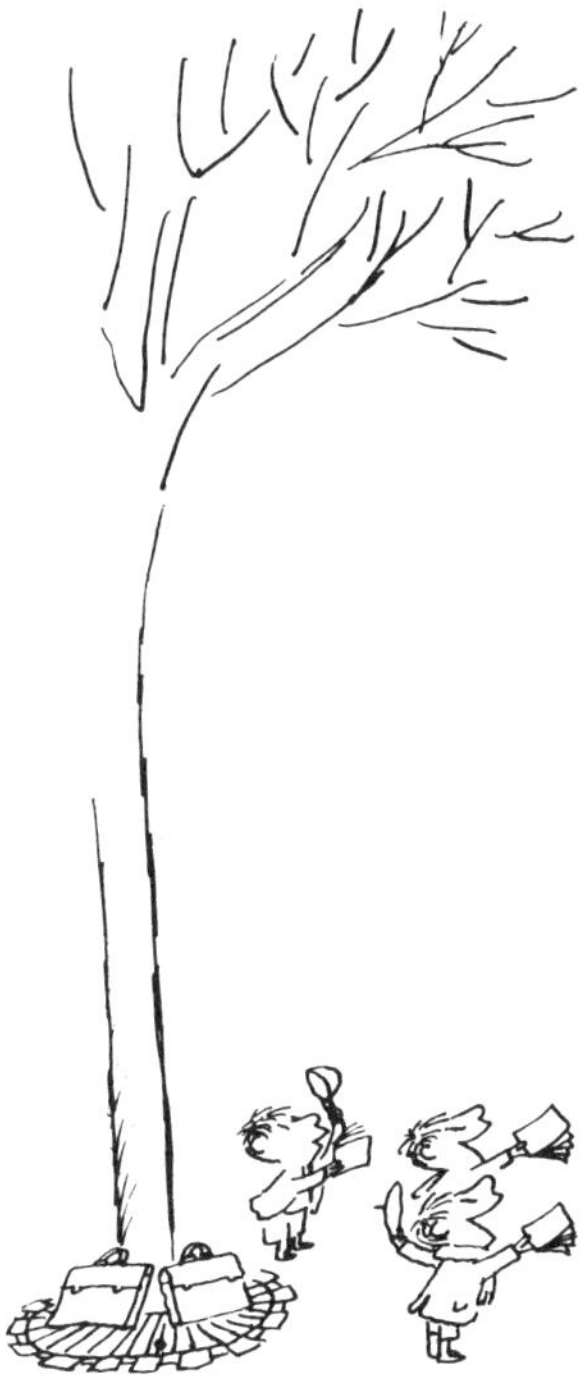

うとっくのむかしにすごい空《あ》き地《ち》があり、ぼくらはそこでスポーツをやるだけじゃなく、タイヤはないけどかっこいい古自動車《ふるじどうしゃ》があったりして、うんと楽《たの》しく遊《あそ》べるんだもの。それでぼくは、新《あたら》しいグラウンドにも自動車《じどうしゃ》をおいてもらえるんだろうか、って考《かんが》えたんだ。

だけど、先生《せんせい》が教卓《きょうたく》のひき出《だ》しから小《ちい》さな手帳《てちょう》のようなものをたくさん出《だ》して、こう言《い》ったので、ぼくらは福《ふく》引《びき》がおもしろくなってきた。

「みなさん、福引《ふくびき》の券《けん》を売《う》るのはみなさんなのですよ。先生《せんせい》がこれから、みなさんにひとり一さつずつ綴《つづ》り帳《ちょう》をくばりますが、この中《なか》には五十枚《まい》の券《けん》がとじてあります。券《けん》は、一枚《まい》一フランです。みなさんはこの券《けん》を、みなさんのパパやママ、お友《とも》だち、それに、ご近所《きんじょ》の人《ひと》たちに

売《う》ってください。みなさんが町《まち》で出会《であ》った人《ひと》たちに買《か》ってもらってもいいんですよ。みなさんはこのことで、公共《こうきょう》の利益《りえき》のためにはたらく満足感《まんぞくかん》をえられるだけでなく、ひっこみ思案《じあん》を克服《こくふく》する勇気《ゆうき》を身《み》につけることもできますね」

そして先生《せんせい》はクロテールに、公共《こうきょう》の利益《りえき》とはなにかを説明《せつめい》し、ぼくらひとりひとりに福引《ふくびき》の券《けん》をとじた綴《つづ》り帳《ちょう》をくばった。

ぼくらは大満足《だいまんぞく》だった。

学校《がっこう》を出《で》たところの歩道《ほどう》に、ぼくらはめいめい、数字《すうじ》のついた券《けん》でいっぱいの綴《つづ》り帳《ちょう》をもって集《あつ》まった。ジョフロワがぼくらに、ぼくは大金持《おおがねも》ちのパパに、五十枚《まい》の券《けん》を一度《ど》に売《う》るつもりだ、と言《い》った。

「へえ、そうかい」と、リュフュスが言《い》った。「でも、そんなのは反則《はんそく》だ。知《し》らない人《ひと》に券《けん》を売《う》るのが規則《きそく》なんだ。そのほうがおもしろいぜ」

「ぼくはブタ肉屋《にくや》さんに、ぼくの券《けん》を売《う》るんだ」と、アルセストが言《い》った。「ぼくらはいいおとくいさんだから、ブタ肉屋《にくや》さんもきっと、ことわれないよ」

でも、ほかのみんなは、だいたいジョフロワの意見《いけん》にさんせいだった。ぼくらのパパたちに券《けん》を売《う》るのが一番《いちばん》だ。

するとリュフュスが、みんなはまちがっていると言《い》って、通《とお》りかかったおじさんに近《ちか》づき、自分《じぶん》の券《けん》をさし出《だ》したけど、そのおじさんは立《た》ちどまりもしなかった。

それから、ぼくらはみんな家《いえ》に帰《かえ》ったけど、クロテールだけは学校《がっこう》にもどらないといけなかった。自分《じぶん》の券《けん》の綴《つづ》り帳《ちょう》を、机《つくえ》の中《なか》にわすれてきてしまったからだ。

ぼくは、ぼくの券《けん》の綴《つづ》り帳《ちょう》を手《て》にもったまま家《いえ》の中《なか》にかけこみ、

「ママ！　ママ！」と、大声《おおごえ》でさけんだ。「パパはいる？」

「おぎょうぎよく、しずかに家《いえ》に入《はい》るのは、いくら言《い》ってもニコラにはむりなのかしらね？」と、ママがぼくに言《い》った。「パパはいませんよ。パパになんの用《よう》なの？　またなに

か、わるさをしたの？」

「ちがうよ」と、ぼくはママに説明《せつめい》した。「この地区《ちく》の子《こ》どもたちがスポーツをするグラウンドを作《つく》るために、ぼくはパパに福引《ふくびき》の券《けん》を買《か》ってもらうんだ。そのグラウンドにはたぶん自動車《じどうしゃ》もおいてくれると思《おも》うけど、福引《ふくびき》の賞品《しょうひん》は自転車《じてんしゃ》なんだよ」

ママは目《め》をお皿《さら》のようにまるくしてぼくを見《み》て、それから言《い》った。

「ニコラのお話《はなし》は、なんだかわけがわからないわ。パパが帰《かえ》ってきたら、パパにお話《はな》ししてみるのね。それまで二階《かい》で宿題《しゅくだい》をしてなさい」

ぼくはすぐ二階《かい》に行《い》った。だってぼくは、ママの言《い》いつけをまもるのがすきだし、ぐずぐず言《い》わずに言《い》いつけをまもるとママがよろこぶのを知《し》っているんだ。

それから、パパが家《いえ》の中《なか》に入《はい》ってくる音《おと》がしたので、ぼくは福引《ふくびき》の券《けん》をもって階段《かいだん》をかけ下《お》りた。

「パパ！　パパ！」と、ぼくは大声《おおごえ》で言《い》った。「ぼくの券《けん》を買《か》ってくれるよね、福引《ふくびき》なんだよ。グラウンドには自動車《じどうしゃ》もおいてくれるし、おまけにスポーツもできるんだ！」

「どうしたんだかよくわからないけど」と、ママがパパに言《い》った。

「ニコラが、いつもよりうんと興奮《こうふん》して学校《がっこう》から帰《かえ》ってきたの。学《がっ》校《こう》で福引《ふくびき》をやるらしくて、ニコラはあなたにその券《けん》を買《か》ってもらいたいみたい」

パパは笑《わら》いながら、ぼくの髪《かみ》をなで、

「福引《ふくびき》か！　おもしろいね」と言《い》った。「パパが子《こ》どものころにも、よく福引《ふくびき》をやったな。福引《ふくびき》の券《けん》をたくさん売《う》るコンクールがあって、パパはいつも、らくらくと優勝《ゆうしょう》したもんさ。パパは、ひっこみ思案《じあん》じゃなかったし、一度《ど》だってことわられたことがなかったからね。さて、ニコラ、おまえの券《けん》はいくらだい？」

「一フラン。それが五十枚《まい》あるから、ぼく計算《けいさん》したんだけど、五十フランなんだ」

そう言《い》ってぼくは、パパに福引《ふくびき》の券《けん》をさし出《だ》したけど、パパはうけとろうとしなかった。

「パパのころはもっと安《やす》かったよ」と、パパが言《い》った。「でも、いいだろう、じゃ一枚《まいか》買おう」

「わあ、だめだよ」と、ぼくが言《い》った。「一枚《まい》じゃなくて綴《つづ》り帳《ちょう》ごと買《か》ってよ。ジョフロワが、ジョフロワのパパが福引《ふくびき》の券《けん》をぜんぶ買《か》ってくれると言《い》ったんで、ぼくらもみんな、ジョフロワとおなじようにすることに決《き》めたんだ!」

「おまえの友《とも》だちのジョフロワのパパのすることとパパとは関係《かんけい》ない!」と、パパが言《い》った。「パパはおまえから一枚《まいか》買う。もしそれがいやなら、なにも買《か》わない! わかったな」

「わあ、そんなの不公平《ふこうへい》だよ!」と、ぼくはさけんだ。「ほかのパパがみんな綴《つづ》り帳《ちょう》ごと買《か》うのに、どうしてパパは買《か》ってくれないの?」

それでぼくは泣《な》きはじめ、パパはひどく腹《はら》を立《た》て、キッチンからママがかけつけてきた。

「いったいまた、どうしたの?」と、ママがきいた。

「子《こ》どもにこんな仕事《しごと》をさせるなんて、わたしには納得《なっとく》できないね!」と、パパが言《い》った。

「わたしは、自分《じぶん》の子《こ》をセールスマンにするために学校《がっこう》に行《い》かせているんじゃない！　それにしても、こんな福引《ふくびき》が合法《ごうほう》なのかどうか、あやしいもんだ！　ひとつ、校長《こうちょう》に電話《でんわ》をしてやろう！」

「もうすこし落《お》ちついてくださいな」と、ママが言《い》った。

「でもパパは」と、ぼくは泣《な》きながらパパに言《い》った。「パパも福引《ふくびき》の券《けん》を売《う》ったことがあるって、ぼくに言《い》ったじゃない。パパは優勝《ゆうしょう》したって！　どうしてぼくが、ほかの子《こ》がしているようにしちゃいけないのさ？」

パパは頭《あたま》をかき、いすに腰《こし》かけ、ぼくをひざのあいだにはさみ、それからぼくに言《い》った。

「もちろん、おまえの言《い》うとおりだ、ニコラ。でも、それとこれとはちがうんだ。パパのころは、自主性《じしゅせい》をしめし、なんでも自分《じぶん》で解決《かいけつ》する力《ちから》をやしなうために、券《けん》を売《う》ったんだよ。それは、人生《じんせい》の困難《こんなん》なたたかいにそなえる、いいトレーニングだった。『福引《ふくびき》の券《けん》をパパに買《か》ってもらいなさい』なんて、だれも言《い》わなかった。まったく、ばかにしている……」

「でも、リュフュスが知《し》らないおじさんに券《けん》を買《か》ってもらおうとしたけど、そのおじさんは立《た》ちどまりもしなかったよ！」と、ぼくが言《い》った。

「パパは、知《し》らない人《ひと》に売《う》りなさいとは言《い》ってないよ！」と、パパがぼくに言《い》った。「どうして、おとなりのブレデュールさんにたのんでみないんだい？」

「ぼく、できない」と、ぼくが言《い》った。

「それなら、パパがいっしょに行《い》ってやろう」と、パパが笑《わら》いながら言《い》った。「どんなふうに売《う》ればいいか、パパがお手本《てほん》を見《み》せてやるよ。券《けん》をわすれないようにな」

「いそいでくださいね」と、ママが言《い》った。「もうすぐ晩《ばん》ごはんができますよ」

パパとぼくがブレデュールさんの家《いえ》の呼《よ》びりんをならすと、ブレデュールさんが出《で》てきた。

「おやおや！」と、ブレデュールさんが言《い》った。「これはこれは、ニコラと、どこかのだれかさんだ！」

「ぼく、福引《ふくびき》の券《けん》を売《う》りにきました。ぼくらがスポーツをするグラウンドを作《つく》るための福《ふく》引《びき》で、券《けん》はぜんぶで五十フランです」と、ぼくはすごい早口《はやくち》でブレデュールさんに言《い》った。

「福引《ふくびき》の券《けん》が売《う》れないのかい？」と、ブレデュールさんがきいた。

「おいおい、どうした、ブレデュール？」と、パパが言《い》った。「あいかわらず、ケチまる出《だ》しだな。それとも、きみは一文《もん》なしなのかい？」

「なんだって、どこかのだれかさん」と、ブレデュールさんがやり返《かえ》した。「こいつは新《あら》手《て》のセールスかい？」

「ブレデュール、きみは子《こ》どもをよろこばせたいとは思《おも》わないのか」と、パパが大《おお》きな声《こえ》で言《い》った。

「子《こ》どもをよろこばせるのはいいが」と、ブレデュールさんが言《い》った。「わたしとしては、無責任《むせきにん》な親《おや》が、子《こ》どもをけしかけて危険《きけん》な道《みち》にひきずりこむのをやめさせたいんでね。それに、だいいち、どうしてきみがニコラの券《けん》を買《か》ってやらんのだ？」

「わたしの子《こ》どもの育《そだ》て方《かた》は、わたしにまかせてもらおう」と、パパが言《い》った。「それに、きみにはまったく経験《けいけん》のないことで、きみにとやかく言《い》われる筋合《すじあ》いはない！　それに、けちんぼの意見《いけん》など、わたしは……」

「けちんぼだと」と、ブレデュールさんが言《い》った。「それじゃきみは、だれに芝刈《しばか》り機《き》を貸《か》してもらうのかな」

「あんなうすぎたない芝刈《しばか》り機《き》なんか、もう二度《ど》と借《か》りるもんか！」と、パパがさけんだ。

そしてふたりがこぜり合《あ》いをはじめたところへ、ブレデュールおばさん（ブレデュールさんのおくさんなんだ）がかけつけてきた。

「こんなところで、なにをしているの？」と、ブレデュールおばさんがきいた。

それでぼくは泣《な》きはじめたけど、ぼくはおばさんに福引《ふくびき》とスポーツ・グラウンドのこと、だれもぼくの券《けん》を買《か》ってくれないことを説明《せつめい》し、これは不公平《ふこうへい》で、だからぼくは自殺《じさつ》してやるんだと言《い》った。

「泣《な》かないで、わたしのかわいこちゃん」と、ブレデュールおばさんがぼくに言《い》った。「おばさんがあなたの綴《つづ》り帳《ちょう》を買《か》ってあげますよ」

ブレデュールおばさんはぼくにキスをし、ハンドバッグを出《だ》して、ぼくにお金《かね》をくれたので、ぼくは券《けん》の綴《つづ》り帳《ちょう》をおばさんにわたした。そしてぼくは、大満足《だいまんぞく》で家《いえ》にもどった。

いま、パパとブレデュールさんはこまっている。というのも、ブレデュールおばさんは、福引《ふくびき》であてた自転車《じてんしゃ》を地下室《ちかしつ》にしまいこんで、ブレデュールさんとパパのふたりには貸《か》そうとしないからなんだよ。

L'insigne

ウードのバッジ

けさ、休《やす》み時間《じかん》にそのことを思《おも》いついたのはウードなんだ。

「おーい、みんな」と、ウードは言《い》った。「ぼくらのグループのメンバーは、バッチをつけることにしようぜ！」

「バッチじゃない、バッジだよ」と、アニャンが言《い》った。

「きみはひっこんでろ、告《つ》げ口小僧《ぐちこぞう》！」と、ウードが言《い》った。

するとアニャンは、ぼくは告《つ》げ口小僧《ぐちこぞう》じゃない、そうじゃない証拠《しょうこ》を見《み》せてやると言《い》いながら、泣《な》き泣《な》き走《はし》って行《い》った。

「でも、どうしてバッジをつけるの？」と、ぼくがきいた。

「そりゃ、グループのメンバーを見《み》わけるためさ」と、ウードが答《こた》えた。

「ぼくらを見《み》わけるのに、バッジがいるのかい？」と、ひどくおどろいたようにクロテールがきいた。

するとウードは、バッジは、敵《てき》とたたかうとき、味方《みかた》を見《み》わけるのにとても役《やく》に立《た》つと説明《せつめい》した。ぼくらはみんな、それはとてもおもしろい考《かんが》えだと思《おも》ったけど、リュフュスが、もっといいのは、グループのメンバーのみんながユニホームを着《き》ることだと言《い》った。

「でも、どこにユニホームがあるんだ?」と、ウードがきいた。「それに、だいいち、ユニホームを着《き》ると、みんな人形《にんぎょう》みたいになるぜ!」

「それじゃ、ぼくのパパは、人形《にんぎょう》みたいなのか?」と、リュフュスがきいた。リュフュスのパパは警官《けいかん》で、リュフュスは家族《かぞく》をばかにされるのがすきじゃないんだ。

だけど、ウードとリュフュスは、けんかするひまがなかった。アニャンがブイヨンをつれてもどってきたからで、アニャンは指《ゆび》でウードをさして、言《い》った。

「ウードです」

「きみは友《とも》だちを告《つ》げ口小僧《ぐちこぞう》と言《い》ったらしいが、それはいかんね」と、生徒指導《せいとしどう》のブイヨンが言《い》った。「さあ、わたしの目《め》をよく見《み》なさい! わかったね?」

そしてブイヨンは、ひどく満足《まんぞく》そうなアニャンをつれて、もどって行《い》った。

「それで、バッジはどうするの?」と、メクサンがきいた。

「金《きん》で作《つく》ろう、すごいぜ」と、ジョフロワが言《い》った。「ぼくのパパが、金《きん》のバッジを一《ひと》つもってるんだ。」

「金《きん》で作《つく》るって!」と、ウードがさけんだ。「きみは完全《かんぜん》にどうかしてるな! 金《きん》の上《うえ》に、どうやって図案《ずあん》をかくのさ?」

そしてみんなはウードの言《い》うとおりだと思《おも》い、紙《かみ》でバッジを作《つく》ることに決《き》めた。それからぼくらは、どんなバッジにするか話《はな》し合《あ》いをはじめた。

「ぼくのにいさんはサッカーのファンクラブのメンバーだけど、サッカーボールのまわりを月桂樹《げっけいじゅ》でかこんだ、すごいバッジをもってるよ」と、メクサンが言《い》った。

「いいな、月桂樹《げっけいじゅ》は」と、アルセスト。

「だめだめ」と、リュフュスが言《い》った。「グループのメンバーが大《おお》ぜいいることをしめす、握手《あくしゅ》している二本《ほん》の手《て》のほうが、かっこいいよ」

「グループの名《な》まえを入《い》れよう」と、ジョフロワが言《い》った。「〈復《ふく》しゅう者《しゃ》たち〉だ。それから二本《ほん》の剣《けん》を交差《こうさ》させ、ワシを入《い》れ、旗《はた》をかいて、まわりにぼくらの名《な》まえをならべるんだ」

「それに月桂樹《げっけいじゅ》も」と、アルセストが言《い》った。

するとウードが、ちょっと図案《ずあん》が多《おお》すぎるけど、いまみんなが言《い》ったやつを授業《じゅぎょう》ちゅうに、バッジの絵《え》にして、つぎの休《やす》み時間《じかん》に見《み》せてやるよ、と言《い》った。

「ねえ、みんな」と、クロテールがきいた。

「バッジってなんなの?」

そのときカネがなったので、ぼくらは教室《きょうしつ》に入《はい》った。地理《ちり》の時間《じかん》だったけど、もう先週《せんしゅう》質問《しつもん》されていたウードは、しずかにバッジ作《づく》りができたんだ。

ウードは、ものすごく一生《いっしょう》けんめいにやってた! ノートに顔《かお》を近《ちか》づけ、コンパスでい

くつも円《えん》をかき、色《いろ》えんぴつを舌《した》でしめらせて絵《え》をかいていたんだ。ぼくらはみんな、ウードのバッジを見《み》たくて見《み》たくて、うずうずしていた。

それからウードはかくのをやめ、顔《かお》をノートからはなし、片目《かため》をつぶってながめ、とても満足《まんぞく》そうなようすだった。

やがて休《やす》み時間《じかん》のカネがなり、ブイヨンが解散《かいさん》と言《い》ったので、ぼくらはみんなウードのまわりに集《あつ》まった。ウードは鼻《はな》たかだかで、ぼくらにノートを見《み》せた。バッジのデザインはとてもかっこよかった。まん中《なか》とその横《よこ》にインクのしみがある円《えん》があり、円《えん》の内《うち》がわは青《あお》と白《しろ》と黄色《きいろ》で、円《えん》の外《そと》がわには〈ＥＧＭＡＲＪＮＣ〉と書《か》いてあった。

「どうだい？」と、ウードがきいた。

「うーん」と、リュフュスが言《い》った。「ところで、このしみはなに？」

「それは、しみじゃない、まぬけだな。握手《あくしゅ》してる二本《ほん》の手《て》だよ」と、ウードが言《い》った。

「それじゃ、こっちのしみも、握手《あくしゅ》してる二本《ほん》の手《て》なの？」と、ぼくがきいた。

「ちがう」と、ウードが答《こた》えた。「どうしてきみは、手《て》が四本《ほん》ほしいんだい？　そっちのは、ほんとうのしみだ。それは関係《かんけい》なし」

「それで、〈EGMARJNC〉って、どういう意味《いみ》？」と、ジョフロワがきいた。

「わからないかい」と、ウードが答《こた》えた。

「ぼくら全員《ぜんいん》の名《な》まえの頭文字《かしらもじ》だよ！」

「じゃ、この色《いろ》は？」と、メクサンがきいた。「どうして青《あお》と白《しろ》と黄色《きいろ》なの？」

「赤《あか》えんぴつがなかったからさ」と、ウードは説明《せつめい》した。「黄色《きいろ》は赤《あか》のかわりだよ（青《あお》、白《しろ》、赤《あか》はフランスの国旗《こっき》の色《いろ》）」
「やっぱり金《きん》で作《つく》るのがいいな」と、ジョフロワ。
「それに、まわりに月桂樹《げっけいじゅ》を入《い》れなくちゃ」と、アルセスト。
するとウードがおこった。ウードは、きみたちはグループのメンバーじゃない、ぼくのバッジが気《き》に入《い》らないなら、おあいにくさま、もうバッジは作《つく》ってやらないぞと言《い》い、授業《じゅぎょう》ちゅうに一生《いっしょう》けんめい苦労《くろう》したかいがない、まったく、ほんとうに、じょうだんじゃないよと言《い》った。

それで、ぼくらはみんな、ウードのバッジはとてもかっこいいと言《い》った。ほんとうにウードのバッジはかなりよかったし、グループのメンバーを見《み》わけるバッジができたので、ぼくらは大満足《だいまんぞく》だったたんだ。ぼくらは、おとなになってもぼくらが〈復《ふく》しゅう者《しゃ》たち〉のメンバーだとわからせるために、これからはいつもバッジをつけることに決《き》めた。

するとウードが、今夜《こんや》うちでみんなのぶんのバッジを作《つく》ってくるから、あしたの朝《あさ》、めいめいがピンをもってきてバッジをボタン穴《あな》にとめることにしよう、と言《い》った。ぼくらはみんなで、「ばんざい！　ばんざい！　ばんざい！」とさけんだ。するとウードがアルセストに、月桂樹《げっけいじゅ》もすこし入《い》れてみると言《い》ったので、アルセストは自分《じぶん》のサンドイッチのハムをひとかけ、ウードにあげたんだよ。

つぎの日《ひ》の朝《あさ》、ウードが校庭《こうてい》に入《はい》ってくると、ぼくらはみんなウードのところにかけて行《い》った。

「バッジ、もってきた?」と、ぼくらはウードにきいた。

「もちろんさ」と、ウードが言《い》った。「でも、たいへんだったんだぞ。とくに、バッジをまるく切《き》るのがね」

そしてウードは、ぼくらひとりひとりにバッジをくれたけど、どれもほんとうによくできていた。青《あお》、白《しろ》、赤《あか》にぬられ、握手《あくしゅ》してる二本《ほん》の手《て》の下《した》に、クリ色《いろ》のなにかがあるんだ。

「ねえ、このクリ色《いろ》のは、なに?」と、ジョアキムがきいた。

「月桂樹《げっけいじゅ》だよ」と、ウードが説明《せつめい》した。「みどりの色《いろ》えんぴつがなかったんだ」

だけど、それでアルセストは大満足《だいまんぞく》だった。ぼくらはみんなピンをもってきていたので、上着《うわぎ》のボタン穴《あな》にバッジをつけ、鼻《はな》たかだかだった。

すると、ジョフロワがウードを見《み》て、きいた。

「どうしてきみのバッジは、ぼくらのバッジより大《おお》きいんだい？」

「そりゃ、リーダーのバッジだからさ」と、ウードが答《こた》えた。「リーダーのバッジは、いつだって、ほかのバッジより大《おお》きいんだ」

「きみがリーダーだなんて、いったいだれが決《き》めた？」と、リュフュスがきいた。

「バッジを考《かんが》えたのは、ぼくだぞ」と、ウードが答《こた》えた。「だから、ぼくがリーダーだ。それが気《き》に入《い》らないやつがいるなら、鼻《はな》の頭《あたま》にパンチを入《い》れてやる！」

「だめだね！ ぜったいにだめだ！」と、ジョフロワが言《い》った。「リーダーはぼくだ！」

「ふざけるなよ」と、ぼくが言《い》った。

「きみたちはみんな最低《さいてい》だな！」と、ウードがさけんだ。「それに、だいいち、ぼくがリーダーでないと言《い》うなら、みんな、ぼくのバッジを返《かえ》してもらおうか！」

「きみのバッジなんか、こうしてやる！」と、ジョアキムが大《おお》きな声《こえ》で言《い》い、バッジをはずすと、それをやぶって地面《じめん》に投《な》げ、足《あし》でふみつけ、その上《うえ》につばをはいた。

「そうだ、そうだ！」と、メクサンもさけんだ。

そしてぼくらはみんなバッジをやぶり、地面《じめん》に投《な》げ、足《あし》でふみつけ、その上《うえ》につばをはいた。

「わるふざけは、いいかげんにしなさい！」と、ブイヨンが言《い》った。「きみたちがなにをしているのかは知《し》らんが、これ以上《いじょう》やってはいかん。わかったね？」

ブイヨンが行《い》ってしまうと、ぼくらはウードに、きみなんか友《とも》だちじゃない、ぼくらはもう一生《いっしょう》きみとは話《はな》さない、きみはもうぼくらのグループのメンバーじゃない、と言《い》ってやった。

ウードは、そんなこと、ぼくにはどうでもいいんだ、どっちにしてもぼくは、最低《さいてい》のやつらのグループになんか入《はい》りたくないや、と言《い》い返《かえ》した。そしてウードは、コーヒーの受《う》け皿《ざら》ほどある大《おお》きなバッジをつけたまま、行《い》ってしまった。

だからいまは、グループのメンバーを見《み》わけるのはかんたんだ。ぼくらのグループは、握手《あくしゅ》してる二本《ほん》の手《て》をまん中《なか》に、その下《した》にクリ色《いろ》の月桂樹《げっけいじゅ》がかいてあって、まわりに〈EGMARJNC〉と書《か》いた、青《あお》と白《しろ》と赤《あか》のバッジをつけていないいんだからね。

Le message secret

復《ふく》しゅう者《しゃ》たちの
秘《ひ》密《みつ》のメッセージ

※＜復《ふく》しゅう者《しゃ》たちを見《み》くびると、
ただではすまないぞ！＞

きのう学校《がっこう》で、歴史《れきし》の作文《さくぶん》の時間《じかん》に、おそろしいことがおこった。クラスで一番《いちばん》で先生《せんせい》のお気《き》に入《い》りのアニャンが指《ゆび》を立《た》てて、大《おお》きな声《こえ》で言《い》ったんだ。

「先生《せんせい》！　ジョフロワがカンニングをしました！」

「うそだ、このうそつきやろう！」と、ジョフロワがさけんだ。

先生《せんせい》がやってきてジョフロワの答案用紙《とうあんようし》とアニャンの答案用紙《とうあんようし》を手《て》にとり、それからジョフロワをにらむと、ジョフロワは泣《な》きはじめた。先生《せんせい》はジョフロワに０点《てん》をつけ、作文《さくぶん》の時間《じかん》がおわってから、ジョフロワを校長先生《こうちょうせんせい》のところにつれて行《い》った。

先生《せんせい》はひとりで教室《きょうしつ》にもどってきて、ぼくらに言《い》った。

「みなさん、ジョフロワがとても重大《じゅうだい》なあやまちをおかしました。ジョフロワは、友《とも》だちの答案《とうあん》をカンニングしたばかりか、カンニングをしていないと言《い》いはりました。不正行為《ふせいこうい》をはたらいた上《うえ》に、うそをついたのです。したがって校長先生《こうちょうせんせい》は、ジョフロワを二日間《ふつかかん》の停学処分《ていがくしょぶん》にしました。このことがジョフロワの教訓《きょうくん》になることを、先生《せんせい》はねがっています。ジョフロワも、人生《じんせい》において不正行為《ふせいこうい》は割《わり》に合《あ》わないことをさとるでしょう。

さあ、それではみなさん、ノートを出《だ》してください。これから書《か》き取《と》りをはじめます」

休《やす》み時間《じかん》、ぼくらはあまり遊《あそ》ぶ気《き》になれなかった。だって、ジョフロワは友《とも》だちだし、停学処分《ていがくしょぶん》になるとパパやママが大《おお》さわぎするし、たくさんのことが禁止《きんし》されて、すごいことになるんだ。

「ジョフロワのかたきをうとうぜ!」と、リュフュスが言《い》った。

「ジョフロワはぼくらの友《とも》だちなんだから、ぼくらは、あのいけすかない、先生《せんせい》のお気《き》に入《い》りのアニャンに復《ふく》しゅうしなくちゃいけないよ。そうすればアニャンにも教訓《きょうくん》になるし、人生《じんせい》では告《つ》げ口《ぐち》なんてふざけたまねをすると割《わり》に合《あ》わないことを、アニャンにさとらせてやれるんだ」

ぼくらはみんなさんせいしたけど、クロテールがきいた。

「でも、どうやってアニャンに復《ふく》しゅうするの？」

「帰《かえ》りに校門《こうもん》でアニャンを待《ま》ちぶせて、みんなでぶんなぐってやろうぜ」と、ウードが言《い》った。

「だめだよ」と、ジョアキムが言《い》った。「アニャンはめがねをかけてるから、顔《かお》をぶつことができないのは、知《し》ってるだろ」

「それなら、もうアニャンと口《くち》をきかないのは？」と、メクサンが言《い》った。

「なんだ！」と、アルセストが言《い》った。「もともとぼくらはアニャンとほとんど話《はなし》をしないんだから、ぼくらがアニャンと口《くち》をきかなくても、アニャンは気《き》がつかないさ」

「もう口《くち》をきかないと、アニャンに言《い》ってやればいい」と、クロテール。

「つぎの作文《さくぶん》の時間《じかん》にみんなでうんと勉強《べんきょう》して、アニャンのかわりに、みんなで一番《いちばん》になろうよ」と、ぼくが言《い》った。

「きみは、すこしおかしいんじゃないか？」と、クロテールが指《ゆび》で自分《じぶん》のひたいをトントンたたきながら、言《い》った。

「ねえ」と、リュフュスが言《い》った。「雑誌《ざっし》の物語《ものがたり》で読《よ》んだんだけど、仮面《かめん》をつけた強盗《ごうとう》がヒーローで、金持《かねも》ちからお金《かね》をぬすんで、びんぼうな人《ひと》たちにあたえるんだ。そして金持《かねも》ちたちが、びんぼうな人《ひと》たちから自分《じぶん》たちのお金《かね》をとりもどそうとすると、そのときヒーローは金持《かねも》ちたちにメッセージを送《おく》りつけるけど、そこには〈青《あお》い騎士《きし》を見《み》くびると、ただではすまないぞ〉と書《か》いてあるんだ。それで敵《てき》のやつらはふるえ上《あ》がって、もうびんぼうな人《ひと》たちからお金《かね》をうばえなくなるのさ」

「ねえ、その見《み》くびるって、どういう意味《いみ》？」と、クロテールがきいた。

「でも」と、ぼくが言《い》った。「もしぼくらが仮面《かめん》をつけてメッセージを送《おく》っても、メッセージを書《か》いたのはぼくらだって、アニャンにはすぐわかってしまうよね。そしたら、ぼくらも罰《ばつ》をうけるよ」

「それはちがいますね」と、リュフュスが言《い》った。「ぼくがいい方法《ほうほう》を知《し》ってるよ。映画《えいが》で見《み》たんだけど、強盗団《ごうとうだん》が、自分《じぶん》たちが書《か》いたことを知《し》られないために、新聞《しんぶん》から切《き》りぬいた文字《もじ》を紙《かみ》にはりつけて作《つく》ったメッセージを送《おく》るんだ。それで、映画《えいが》のおわりまで、だれも強盗団《ごうとうだん》を発見《はっけん》できなかったんだ！」

ぼくらは、リュフュスの考《かんが》えはものすごい名案《めいあん》だと思《おも》った。そんなメッセージがとどけば、アニャンはぼくらの復《ふく》しゅうをひどくこわがり、たぶん学校《がっこう》をやめるだろうし、それはアニャンにとって当然《とうぜん》のむくいだからね。

「それで、メッセージにはなんと書《か》くの？」と、アルセストがきいた。

「だからさ、〈復《ふく》しゅう者《しゃ》たちを見《み》くびると、ただではすまないぞ！〉と書《か》くんだよ」と、リュフュスが答《こた》えた。

クロテールが〈見《み》くびる〉の意味《いみ》をきいたけど、ぼくらはみんな「エイ！　エイ！　オー！」とさけび、あしたリュフュスがそのメッセージを作《つく》ってくることに決《き》めた。

そしてけさ学校《がっこう》につくと、ぼくらはみんなリュフュスのまわりに集《あつ》まり、メッセージをもってきたかい、ときいた。

「もちろんさ」と、リュフュスが言《い》った。「でも、ぼくの家《いえ》では大《おお》さわぎになったんだ。ぼくはパパの新聞《しんぶん》を切《き》りぬいたんだけど、パパはまだ新聞《しんぶん》を読《よ》みおわってなかったから、

ぼくはパパに平手打《ひらてう》ちをくらったし、デザートもとり上《あ》げられて、もうさんざんな目《め》に合《あ》ったんだからね」

それからリュフュスはメッセージを見《み》せたけど、メッセージはいろんなちがった活字《かつじ》で書《か》かれていて、ぼくらはみんな、これなら上《じょう》できだと思《おも》った。でもジョアキムだけは、たいしたことないな、ちゃんと読《よ》むことができないじゃないか、と言《い》った。

「なんだと、ぼくはちゃんとやったんだ」と、リュフュスが大声《おおごえ》で言《い》った。「のりとはさみで、一生《いっしょう》けんめいに作《つく》ったんだぞ。それを、まぬけのジョアキムは、たいしたことないと言《い》うんだな？　わかったよ、このつぎは、きみがやればいい。きみが自分《じぶん》でメッセージを作《つく》れ！」

「ああ、そうかい？」と、ジョアキムもさけんだ。「だれがまぬけだって？　まぬけはきみのほうだ！」

それでリュフュスとジョアキムはけんかをはじめ、生徒指導《せいとしどう》のブイヨンがかけつけてきた。ブイヨンはリュフュスとジョアキムに、きみらのおぎょうぎのわるいふるまいを見《み》るのはもうたくさんだと言《い》い、ふたりに、木曜日《もくようび》に登校《とうこう》する罰《ばつ》をあたえた。

運《うん》がよかったことに、メッセージはブイヨンに没収《ぼっしゅう》されずにすんだ。なぐり合《あ》いをはじめる前《まえ》に、リュフュスが、クロテールにわたしていたからだ。

教室《きょうしつ》でぼくは、クロテールがメッセージをぼくによこすのを待《ま》っていた。ぼくの席《せき》がアニャンの席《せき》にいちばんちかいので、見《み》られないようにメッセージをアニャンのいすの上《うえ》におくのは、ぼくの役《やく》めなんだ。アニャンのやつ、横《よこ》を向《む》いたときメッセージに気《き》がついたら、へんな顔《かお》をするだろうな。

だけどクロテールは、机《つくえ》の下《した》でメッセージを見《み》て、となりの席《せき》のメクサンになにかきいていたんだ。すると先生《せんせい》が、きゅうに大声《おおごえ》を出《だ》して、

「クロテール！　いま先生《せんせい》が言《い》ったことを、くり返《かえ》しなさい！」と言《い》った。

それでクロテールは起立《きりつ》したけど、なにも言《い》えなかったので、先生《せんせい》は言《い》った。

「よろしい、けっこうです。それじゃ、あなたのおとなりの人《ひと》があなたよりもっと注意《ちゅうい》ぶかいかどうか、きいてみましょう……メクサン、さあ、先生《せんせい》がいま言《い》ったことをくり返《かえ》し

てごらんなさい」

すると起立《きりつ》したメクサンは泣《な》きはじめ、先生《せんせい》はクロテールとメクサンに、つぎの文《ぶん》の動《どう》詞《し》を直接法《ちょくせつほう》の過去《かこ》・現在《げんざい》・未来形《みらいけい》と接続法《せつぞくほう》に活用《かつよう》させてくるように言《い》った。

――ぼくは授業《じゅぎょう》ちゅうは注意《ちゅうい》ぶかくし、くだらないことで気《き》をちらしてはいけない。なぜならぼくは、さわいだりふざけたりするためでなく勉強《べんきょう》するために学校《がっこう》にきているのだから――。

それから、うしろの席《せき》のウードが、メッセージをぼくのとなりのアルセストにわたした。アルセストがぼくにメッセージをよこしたとき、また先生《せんせい》がさけんだ。

「まあ、きょうのあなたたちは、わるさばかりするわね！　ウード、アルセスト、ニコラ！　その紙《かみ》を先生《せんせい》に見《み》せなさい！　さあ、早《はや》く！　かくしても、むだです！　ちゃんとわかっています！　どうしたの？　早《はや》くしなさい！」

アルセストはまっかになり、ぼくは泣《な》き出《だ》し、ウードは自分《じぶん》のせいじゃないと言《い》い、先《せん》生《せい》がメッセージをとりにきた。先生《せんせい》はメッセージを読《よ》むと、目《め》をお皿《さら》のようにまるくしてぼくらを見《み》て、言《い》った。

「〈復《ふく》しゅう者《しゃ》たちを見《み》くびると、ただではすまないぞ〉？……まるで、ちんぷんかんぷんね？……ええ、ええ、先生《せんせい》はこんなもの、知《し》りたくもありません。先生《せんせい》には関係《かんけい》ないわ！　あなたたちときたら、くだらないことばかりして。授業《じゅぎょう》ちゅうは、勉強《べんきょう》をすることがたいせつなのですよ。あなたたち三人《にん》には、木曜日《もくようび》に登校《とうこう》する罰《ばつ》をあたえます」

休《やす》み時間《じかん》、アニャンは笑《わら》っていた。だけど、先生《せんせい》のお気《き》に入《い》りのいけすかないアニャンがいつまでも笑《わら》っていられると思《おも》ったら、大《おお》まちがいだ。

だって、クロテールが言《い》ったように、見《み》くびろうと見《み》くびるまいと、復《ふく》しゅう者《しゃ》たちにたいしてふざけたまねをしたら、ただじゃすまないんだからな！

※＜復《ふく》しゅう者《しゃ》たちを見《み》くびると、
ただではすまないぞ！＞

Jonas

自慢《じまん》の兄《あに》き、ジョナース

とても力《ちから》が強《つよ》くて、仲間《なかま》の鼻《はな》の頭《あたま》にパンチをくらわせるのが大《だい》すきなウードには、ジョナースというにいさんがいて、そのにいさんが兵隊《へいたい》になった。ウードは、にいさんがとても自《じ》慢《まん》で、しょっちゅうぼくらに、にいさんの話《はなし》をするんだ。

「ジョナースが、制服《せいふく》を着《き》た写真《しゃしん》を送《おく》ってきたよ」と、ある日《ひ》ウードがぼくらに言《い》った。「かっこいいぞ！　あした、その写真《しゃしん》を、きみたちに見《み》せてやるからな」

そしてウードはぼくらに写真《しゃしん》を見《み》せてくれたけど、ジョナースはとてもりっぱで、ベレー帽《ぼう》をかぶり、うれしそうに、にこにこ笑《わら》っていた。

「袖章《そでしょう》がないな」と、メクサンが言《い》った。

「だって、兄《あに》きは新兵《しんぺい》だもの」と、ウードが説明《せつめい》した。「でも兄《あに》きは、いまにきっと士官《しかん》

になって、たくさんの兵隊《へいたい》に命令《めいれい》するようになるんだ。兄《あに》きは、小銃《しょうじゅう》をもってるんだぞ」

「ピストルはないの?」と、ジョアキムがきいた。

「もちろん、ないさ」と、リュフュスが言《い》った。

「ピストルは士官《しかん》がもつんだ。兵隊《へいたい》は小銃《しょうじゅう》だけさ」

これがウードには、カチンときたんだ。

「きみになにがわかる?」と、ウードが言《い》った。

「ジョナースはピストルをもってるぞ。だって、兄《あに》きは士官《しかん》になるんだからね」

「笑《わら》わせないでくれ」と、リュフュスが言《い》った。

「ぼくのパパは、ピストルをもってるぜ」

「きみのパパは士官《しかん》じゃない!」と、ウードがさけんだ。「きみのパパは警官《けいかん》だ。警官《けいかん》なら、ピストルをもつのはあたりまえだ！」

「警官《けいかん》は、士官《しかん》みたいなものさ」と、リュフュスがさけんだ。「それに、だいいち、ぼくのパパはケピ帽《ぼう》（陸軍士官《りくぐんしかん》や警官《けいかん》がかぶる、ひさしのある帽子《ぼうし》）をかぶってる！　きみのにいさんはケピ帽《ぼう》をかぶってるかい？」

それでウードとリュフュスは、とっくみ合《あ》いになった。

べつのときの話《はなし》だけど、ウードがぼくらに、兄《あに》きの連隊《れんたい》が演習《えんしゅう》に出《で》かけたとき、兄《あに》きはすごいことをやった、兄《あに》きは敵《てき》をたくさん殺《ころ》して、将軍《しょうぐん》にほめられたんだぞ、と言《い》った。

「演習《えんしゅう》では敵《てき》を殺《ころ》さないよ」と、ジョフロワが言《い》った。

「殺《ころ》すふりをするんだ」と、ウードが説明《せつめい》した。「でも、とっても危険《きけん》なんだぞ」

「へん、ちがうね！　なにが危険《きけん》なもんか」と、ジョフロワが言《い》った。「ふりをするだけなら、かんたん、かんたん！　なんだってできちゃうさ！」

「きみは、一発《いっぱつ》くらわしてほしいらしいな？」と、ウードがきいた。「ぼくのパンチは、ふりじゃないぜ！」

「やってみろ！」と、ジョフロワがさけぶと、ウードはやった。パンチは命中《めいちゅう》し、そしてウードとジョフロワはけんかになったんだ。

先週《せんしゅう》もウードはぼくらに、ジョナースがはじめて歩哨《ほしょう》をやったけど、兄《あに》きが歩哨《ほしょう》にえらばれたのは、兄《あに》きが連隊《れんたい》でいちばん優秀《ゆうしゅう》な兵隊《へいたい》だからだぞ、と話《はな》した。

「連隊《れんたい》でいちばん優秀《ゆうしゅう》な兵隊《へいたい》だけが歩哨《ほしょう》をするの？」と、ぼくがきいた。

「するとなにかい？」と、ウードがぼくに言《い》った。「きみは、まぬけなやつに連隊《れんたい》の歩哨《ほしょう》がつとまるとでも思《おも》うのかい？　敵《てき》を兵舎《へいしゃ》に入《い》れるような裏《うら》ぎり者《もの》に、歩哨《ほしょう》がやれるとでも言《い》うのか？」

「どんな敵《てき》だい？」と、メクサンがきいた。

「それに、だいいち、いまの話《はなし》は大《おお》うそだ」と、リュフュスが言《い》った。「兵隊《へいたい》は、だれでも順番《じゅんばん》で歩哨《ほしょう》をやるんだ。まぬけだってやるんだよ。」

「おまけに歩哨《ほしょう》なんて、危険《きけん》な仕事《しごと》じゃないんだ」と、ジョフロワが言《い》った。「歩哨《ほしょう》なんか、だれにだってできるぜ！」

「だったら、きみがやるのを見《み》たいもんだな」と、ウードが大声《おおごえ》で言《い》った。「夜《よる》、ひとりでじっと立《た》って、連隊《れんたい》の見張《みは》りをするんだぞ」

「それなら、去年《きょねん》の夏休《なつやす》みにぼくがしたように、おぼれてる人《ひと》をたすけるほうが、ずっと危険《きけん》だよ!」と、リュフュスが言《い》った。

「笑《わら》わせないでくれ」と、ウードが言《い》った。「きみがだれかをたすけたって? このうそつきめ。きみたちは自《じ》分《ぶん》のことがわかってるのか? みんな大《おお》ばかやろうだ!」

それからぼくらはみんなでウードとけんかになったけど、ぼくはウードのすごいパンチを、まともにくらったんだ。すると生徒指導《せいとしどう》のブイヨンがやってきて、ぼくら全員《ぜんいん》を罰《ばっ》として校庭《こうてい》のすみに立《た》たせせた。

けさ、ウードはまた、にいさんの話《はなし》をもち出《だ》して、ぼくらをこまらせはじめた。ウードはとても興奮《こうふん》して学校《がっこう》にやってくると、

「おい、みんな! おい、みんな!」と、大声《おおごえ》で言《い》った。「なんだと思《おも》う? けさ、兄《あに》きから手紙《てがみ》がきて、兄《あに》きが休暇《きゅうか》で帰《かえ》ってくるんだ! きょう帰《かえ》ってくるんだぞ! もういま

ごろは、うちについてるころだ！　ぼくは家《いえ》にのこって兄《あに》きを出《で》むかえたかったけど、パパがだめだと言《い》ったんだ。そのかわりお昼《ひる》に、ジョナースにぼくをむかえに行《い》かせると約束《やくそく》してくれたんだ！　それからもっといいニュースがあるけど、わかるかい？　さあ、あててみなよ！」

だれもなにも言《い》わないでいると、ウードは鼻《はな》たかだかで、大声《おおごえ》で言《い》った。

「兄《あに》きが階級《かいきゅう》をもらったんだ！　一等兵《とうへい》になったんだよ！」

「そんなの階級《かいきゅう》じゃないぜ」と、リュフュスが言《い》った。

「一等兵《とうへい》は階級《かいきゅう》じゃないと、きみは言《い》うけど」と、ウードがさけんだ。そして笑《わら》いながら、

「ぜったい階級《かいきゅう》なんだ。袖章《そでしょう》をもらったんだぞ！　兄《あに》きの手紙《てがみ》に、そう書《か》いてあった！」

と言《い》った。

「ねえ、その一等兵《とうへい》って、なんなの？」と、ぼくがきいた。

「士官《しかん》みたいなものさ」と、ウードが言《い》った。「一等兵《とうへい》は、大《おお》ぜいの兵隊《へいたい》を指揮《しき》し、命令《めいれい》する。戦争《せんそう》で、ほかの兵隊《へいたい》の先《せん》頭《とう》に立《た》つのが一等兵《とうへい》なんだ。だから兵隊《へいたい》は、兄《あに》きが通《とお》ると兄《あに》きに敬礼《けいれい》しないといけないんだ！　こうやって！」

ウードは片手《かたて》を顔《かお》の横《よこ》にあて、敬礼《けいれい》をしてみせた。

「すごいな！」と、クロテールが言《い》った。

ぼくらはみんな、制服《せいふく》を着《き》て袖章《そでしょう》をつけ敬礼《けいれい》されるにいさんのいるウードが、すこしうらやましくなった。それでぼくらも、学校《がっこう》の帰《かえ》りに校門《こうもん》のところでウードのにいさんに会《あ》え

るのが、楽《たの》しみになってきたんだ。

ぼくは、前《まえ》に一、二度、ウードのにいさんに会《あ》ったことがあるけど、それはずっと前《まえ》で、ウードのにいさんはまだ兵隊《へいたい》じゃなかったし、だれもウードのにいさんに敬礼《けいれい》しなかった。

でも、ウードのにいさんはとても強《つよ》くて、とてもやさしかったよ。

「校門《こうもん》のところで、兄《あに》きはきみたちに、いろいろ話《はな》してくれるぞ。きみたちも兄《あに》きと話《はな》していいからな」と、ウードがぼくらに言《い》った。

ぼくらはとても興奮《こうふん》して教室《きょうしつ》に入《はい》ったけど、いちばん興奮《こうふん》してたのは、もちろんウードだった。席《せき》についてもウードはじっとできず、まわりにいる友《とも》だちにからだをよせて話《はな》しかけていた。

「ウード！」と、先生《せんせい》が大《おお》きな声《こえ》で言《い》った。「けさのあなたは、どうかしてるわね。なんですか、ざわざわして！　いいかげんにしないと、放課後《ほうかご》、居《い》のこりの罰《ばつ》をあたえますよ！」

それでぼくらは、口《くち》をそろえて、

「わあ！　先生《せんせい》、やめてください！　やめてください！」と、さけんだ。

先生《せんせい》がとてもおどろいたようすでぼくらのほうを見《み》たので、ウードが先生《せんせい》に、下士官《かしかん》になったにいさんが校門《こうもん》にウードをむかえにくることを説明《せつめい》した。

先生《せんせい》は、なにかをさがすようにして、ひき出《だ》しの上《うえ》に身《み》をかがめたけど、先生《せんせい》がこんなふうにするときは、笑《わら》いたいのをがまんしているときだって、ぼくらは知《し》ってるんだ。

「わかりました」と、先生《せんせい》が言《い》った。「でも、しずかにするんですよ。とくに、ウード、あなたはおとなしくすること。兵隊《へいたい》のおにいさんにはずかしくないようにね！」

ぼくらには授業《じゅぎょう》がものすごく長《なが》いと感《かん》じられたけど、とうとうカネがなった。ぼくらは持《も》ちものをカバンにしまうと、走《はし》って教室《きょうしつ》を出《で》た。

校門《こうもん》の外《そと》の歩道《ほどう》で、ジョナースがぼくらを待《ま》っていた。ジョナースは制服《せいふく》ではなく、青《あお》いしまのズボンに黄色《きいろ》のセーターを着《き》ていたので、ぼくらはちょっとがっかりした。

「よう、石頭《いしあたま》！」と、ジョナースはウードを見《み》て大《おお》きな声《こえ》で言《い》った。「おまえ、また大《おお》きくなったな！」

そしてジョナースはウードの両《りょう》ほおにキスをし、頭《あたま》をなで、ウードにパンチを入《い》れるふりをした。とってもかっこいいんだよ、ウードのにいさんって。ぼくも、ウードのにいさんのようなにいさんがほしいな！

「どうして制服《せいふく》を着《き》ないの、ジョジョ？」と、ウードがきいた。

「休暇《きゅうか》ちゅうにかい？　じょうだんじゃない！」と、ジョナースが言《い》った。

そしてジョナースはぼくらを見《み》て、言《い》った。

「そうそう！　これがおまえの仲間《なかま》たちだな。これは、ニコラだ……それからこのチビのふとっちょは、えーと、アルセストだ……それに、そっちは、えーと……」

「メクサンです！」と、ジョナースにおぼえていてもらってうれしそうなメクサンが、大《おお》声《ごえ》で言《い》った。

「ねえ」と、リュフュスがきいた。「ほんとに袖章《そでしょう》をもらったんですか？　それに、戦場《せんじょう》で兵隊《へいたい》を指揮《しき》するんですか？」

「戦場《せんじょう》だって?」と、ジョナースは笑《わら》った。「戦場《せんじょう》じゃないよ。ぼくの仕事《しごと》は、調理場《ちょうりば》で野菜《やさい》の皮《かわ》むき作業《さぎょう》を監督《かんとく》する雑役《ざつえき》なんだ。ぼくは調理場《ちょうりば》に配属《はいぞく》されたのさ。雑役《ざつえき》というのはいつもおもしろいわけじゃないけど、調理場《ちょうりば》にいると、とにかくたっぷり食《た》べられるし、余《あま》りものもちょうだいできるんだ」

すると、ジョナースの顔《かお》をじっと見《み》ていたウードはまっさおになり、きゅうに走《はし》って行《い》ってしまった。

「ウード! ウード!」と、ジョナースがさけんだ。「あいつ、いったいどうしたんだ? おおい、待《ま》てよ、石頭《いしあたま》! 待《ま》ってくれ!」

それからジョナースもウードを追《お》いかけ、走《はし》って行《い》った。

ぼくらも家《いえ》に帰《かえ》りはじめたけど、そのときアルセストが言《い》ったんだ。軍《ぐん》隊《たい》であんなに出世《しゅっせ》して、すごいところではたらいているにいさんがいるなんて、ウードが自慢《じまん》するのもわかるよってね。

La craie
くすねたチョーク

※うんと遊《あそ》ぼうぜ！

「あらまあ、もうチョークがないわ！」と、先生《せんせい》が言《い》った。「チョークをとりに行《い》ってもらおうかしら」

するど、先生《せんせい》のお話《はなし》を聞《き》いていなかったクロテールをべつにして、みんなが手《て》を上《あ》げ、「ぼくが行《い》きます！」「先生《せんせい》、ぼくが行《い》きます」とさけんだ。用具《ようぐ》をとりに行《い》くのは、いつも、クラスで一番《いちばん》で先生《せんせい》のお気《き》に入《い》りのアニャンなんだけど、きょうはアニャンがかぜで休《やす》んでいたので、ぼくらはあらそって大声《おおごえ》を上《あ》げたんだ。

「ぼくが行《い》きます！」「先生《せんせい》、ぼくが行《い》きます！」

「もっとしずかに！」と、先生《せんせい》が言《い》った。「それでは……ジョフロワ、あなたがとりに行《い》ってください。でも、すぐにもどるのよ、いいこと？　廊下《ろうか》でぐずぐずしてはいけませんよ」

ジョフロワはにこにこしながら出《で》て行《い》き、手《て》にチョークを何本《なんぼん》かもって、にこにこしながらもどってきた。

「ありがとう、ジョフロワ」と、先生《せんせい》が言《い》った。「じゃ、あなたは席《せき》にもどりなさい。クロテール、黒板《こくばん》の前《まえ》に出《で》なさい。クロテール、聞《き》こえないの！」

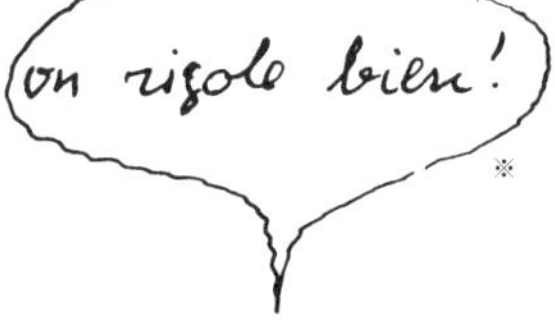

※

カネがなったので、ぼくらはみんな走《はし》って外《そと》に出《で》たけど、クロテールは、質《しつ》問《もん》されるといつもそうなるように教室《きょうしつ》にのこされ、先生《せんせい》に注意《ちゅうい》をうけていた。

ジョフロワが、階段《かいだん》で、ぼくらに言《い》った。

「ぼくといっしょに帰《かえ》ろう。きみたちに見《み》せたい、すごいものがあるんだ！」

みんなで学校《がっこう》を出《で》ると、ぼくらはジョフロワに、なにを見《み》せてくれるのかきいたけど、ジョフロワはまわりを見《み》て、

「ここじゃだめだ。あっちへ行《い》こう！」と言《い》った。ジョフロワは秘密《ひみつ》が大《だい》すきで、だからぼくらはイライラするんだ。

それでもぼくらはジョフロワについて行《い》き、通《とお》りのかどをまがり、道路《どうろ》をわたり、さらにもうすこし行《い》って、また道路《どうろ》をわたったけど、そこでやっとジョフロワは立《た》ちどまった。

ぼくらは、ジョフロワのまわりに集《あつ》まった。ジョフロワはまたあちこちを見《み》まわしてから、手《て》をポケットに入《い》れ、ぼくらに言《い》った。

「ほら、これさ！」

※うんと遊《あそ》ぼうぜ！

ジョフロワの手《て》の中《なか》には————読者《どくしゃ》のみんなにだって、ぜったい考《かんが》えつかないと思《おも》うけど——白《しろ》いチョークが一本《ぽん》あったんだよ！

「ブイヨンは、ぼくにチョークを五本《ほん》くれたけど」と、ジョフロワがとくいそうに、ぼくらに説明《せつめい》した。「ぼくは先生《せんせい》に、四本《ほん》しかわたさなかったのさ！」

「うわあ、やったな」と、リュフュスが言《い》った。「きみって、大胆《だいたん》だな！」

「うへえ」と、ジョアキムが言《い》った。「もしブイヨンや先生《せんせい》にばれたら、きみはきっと停《てい》学《がく》になるぞ！」

それはほんとうで、学校《がっこう》の用具《ようぐ》はおもちゃにしてはいけないんだ！ 先週《せんしゅう》、上級生《じょうきゅうせい》が、もっていた地図《ちず》でべつの上級生《じょうきゅうせい》の頭《あたま》をたたき、地図《ちず》がやぶれ、ふたりの上級生《じょうきゅうせい》は停学処分《ていがくしょぶん》になっていたんだよ。

「ひきょう者《もの》やおくびょう者《もの》は、どっかへ行《い》きな」と、ジョフロワが言《い》った。「そうでない者《もの》はチョークで遊《あそ》ぼうぜ」

だけど、だれも帰《かえ》らなかった。だいいちぼくらのグループには、ひきょう者《もの》もおくびょう者《もの》もいなかったし、チョークがあるといろんなおもしろいことをして、うんと遊《あそ》べるからね。いつか、メメがぼくに、学校《がっこう》の黒板《こくばん》より小《ちい》さい黒板《こくばん》と、チョークの入《はい》った箱を送《おく》ってくれたけど、ぼくが黒板《こくばん》じゃなくてそこらじゅうにいたずらがきをするからと言《い》って、ママがチョークをとり上《あ》げたんだ。あれはざんねんだったな、赤《あか》や青《あお》や黄色《きいろ》や、いろんな色《いろ》のチョークがあったし。

それを思《おも》い出《だ》してぼくが、色《いろ》つきチョークならもっとすごかったけど、と言《い》ったら、「へえ、そうですか！」と、ジョフロワがさけんだ。「ぼくがものすごい危険《きけん》をおかしたというのに、ニコラくんは、ぼくのチョークの色《いろ》が気《き》に入《い》らないというんだな。そんなえらそうなことを言《い》うなら、きみがブイヨンのところに行《い》って、色《いろ》つきチョークをもらってこいよ！　さあ、行《い》けよ！　なにをぐずぐずしてるんだ？　さあ、行《い》きなよ！　きみが言《い》い出《だ》したんだぜ。でもきみには、チョークをうまくごまかしてとってくるなんて、ぜったいにできないさ。へへんだ！　わかってるんだぞ！」

「そうだ、そうだ」と、リュフュスが言《い》った。

それでぼくはカバンをほうり投《な》げ、リュフュスの上着《うわぎ》をつかみ、リュフュスに向《む》かってさけんだ。

「いま言《い》ったことを、とりけせ！」

ところがリュフュスは、なにもとりけそうとしなかったので、ぼくらがけんかをはじめたら、とつぜん上《うえ》のほうから大《おお》きなどなり声《ごえ》がきこえた。

「うるさいぞ、きみたち！　ほかへ行《い》って遊《あそ》ぶんだ、さもないと警察《けいさつ》を呼《よ》ぶぞ！」

それでぼくらはいっせいに走《はし》り出《だ》し、道路《どうろ》をわたり、もう一度《ど》道路《どうろ》をわたって、通《とお》りのかどをまがってから、立《た》ちどまった。

「きみたちがふざけるのをやめるなら、ぼくのチョークで遊《あそ》ばせてやってもいいぜ」と、ジョフロワが言《い》った。

「ニコラがのこるなら、ぼくは帰《かえ》る！」と、リュフュスがさけんだ。「チョークなんか、くそくらえだ」

そしてリュフュスは、行《い》ってしまった。ぼくはもう一生《いっしょう》、リュフュスとは口《くち》をきかない

つもりだ。

「それじゃ、チョークでなにをやろうか？」と、ウードが言《い》った。

「そうだな」と、ジョアキムが言《い》った。「壁《かべ》にらくがきしたら、おもしろいぞ」

「いいな」と、メクサンが言《い》った。「〈復《ふく》しゅう者《しゃ》たち！〉と書《か》こうよ。そうすれば敵《てき》は、ぼくらがここを通《とお》ったとわかるから」

「へえ、それはいいね」と、ジョフロワが言《い》った。「それでぼくは、停学《ていがく》になるってわけだ！　けっこうけっこう、こけこっこうだ！」

「なんだ、ひきょう者《もの》！」と、メクサンが言《い》った。

「ひきょう者《もの》だって。ものすごく危険《きけん》なことをした、このぼくがかい？　やい、笑《わら》わせるなよ！」と、ジョフロワが言《い》った。

「きみがひきょう者《もの》でないなら、壁《かべ》の上《うえ》に書《か》いてみろよ」と、メクサンが言《い》った。

「そんなことしたら、みんな停学《ていがく》になるぞ、それでもいいのか？」と、ウードがきいた。

「それじゃ、みんな、ぼくは行《い》くよ」と、ジョアキムが言《い》った。「でないと、家《いえ》に帰《かえ》るのがおくれて、めんどうなことになるんだ」

そしてジョアキムは、ものすごいスピードで走《はし》って行《い》った。ぼくは、ジョアキムがあんなにいそいで家《いえ》に帰《かえ》るのを、はじめて見《み》たな。

「ポスターに、いたずらがきするのはどうだい」と、ウードが言《い》った。「ほら、めがねをかいたり、口《くち》ひげやあごひげやパイプをかくんだ」

みんなもそれはいい考《かんが》えだと思《おも》ったけど、ただ、ぼくらのいる通《とお》りにはポスターがなかった。それでぼくらは歩《ある》きはじめたけど、どこへ行《い》ってもおなじだった。いくらさがしても、ポスターが見《み》つからない。

「だけど」と、ウードが言《い》った。「このへんのどこか

にポスターがあったはずだけど……ほら、男《おとこ》の子《こ》がクリームのかかったチョコレートケーキを食《た》べてるやつだよ……」

「ああ」と、アルセストが言《い》った。「それなら知《し》ってる。その広告《こうこく》なら、ママの新聞《しんぶん》から切《き》りぬいて、もってるもの」

そしてアルセストはぼくらに、そろそろおやつの時《じ》間《かん》なので、ママがぼくを待《ま》ってるからと言《い》って、走《はし》って帰《かえ》って行《い》った。

時間《じかん》がおそくなったので、ぼくらはもうポスターさがしをやめて、チョークでべつの遊《あそ》びをすることに決《き》めた。

「そうだ、みんな」と、メクサンが大声《おおごえ》で言《い》った。

※遊《あそ》び出《だ》すと、すぐこれだ！

「石《いし》けりをやろう！　道《みち》の上《うえ》に絵《え》をかいて……」

「きみは、すこしおかしいんじゃないのか？」と、ウードが言《い》った。「石《いし》けりなんか、女《おんな》の子《こ》の遊《あそ》びだぞ！」

「ちがいますね、ちがいますね！」と、顔《かお》をまっかにしたメクサンが言《い》った。「石《いし》けりは、女《おんな》の子《こ》の遊《あそ》びじゃないぞ！」

するとウードは女《おんな》の子《こ》みたいな声色《こわいろ》をつかって、細《ほそ》い声《こえ》でうたった。

「メクサンじょうちゃん、石《いし》けりをして遊《あそ》びたいの！　メクサンじょうちゃん、石《いし》けりをして遊《あそ》びたいの！」

「空《あ》き地《ち》で決着《けっちゃく》をつけようぜ！」と、メクサンがさけんだ。「さあ、きみが男《おとこ》なら、顔《かお》をかせ！」

そしてウードとメクサンはふたりで歩《ある》き出《だ》したけど、通《とお》りのはずれまで行《い》くと、ふたりはべつの方角《ほうがく》へわかれた。

こんなふうにチョークで遊《あそ》んでいたので気《き》づかなかったけど、もうものすごく時間《じかん》がおそくなっていたんだ。

とうとう、のこったのはジョフロワとぼくだけになった。ジョフロワは、チョークでタバコを吸《す》うまねをしたり、上《うわ》くちびると鼻《はな》のあいだにチョークをはさんで口《くち》ひげのようにして見《み》せたりした。

「ぼくにも、チョークをひとかけらおくれよ」と、ぼくはジョフロワにたのんだ。

でもジョフロワは首《くび》を横《よこ》にふったので、ぼくがジョフロワからチョークをとろうとしたら、そのはずみでチョークが地面《じめん》に落《お》ちて、二《ふた》つに折《お》れてしまった。

ジョフロワは、ものすごくおこって、さけんだ。

「ようし！　きみのチョークなんか、こうしてやる！」

そしてジョフロワは、くつのかかとでチョークの半分《はんぶん》をふみつぶした。

「へえ、そうかい？」と、ぼくもさけんだ。「それなら、きみのチョークだって、こうしてやる！」

それでぼくも、くつのかかとでグシャッ！と、もう半分《はんぶん》のジョフロワのぶんのチョークをふみつぶしてやった。
こうして、もうチョークがなくなったので、ジョフロワもぼくも、家《いえ》に帰《かえ》ったんだ。

※うんと遊《あそ》ぼうぜ！

物語《ものがたり》をより楽《たの》しむために ⑤

小野萬吉《おのまんきち》

サンペとゴシニの『プチ・ニコラ』シリーズ第《だい》五巻《かん》、『プチ・ニコラのなやみ』（原題《げんだい》 Le Petit Nicolas a des ennuis ）の原作《げんさく》は、一九六四年《ねん》の刊行《かんこう》です。一九六〇年《ねん》から毎年《まいとし》一冊《さつ》刊行《かんこう》されてきたシリーズの、これが突《とつ》然《ぜん》の最終巻《さいしゅうかん》となりました。

ちなみに、このゴシニ生前《せいぜん》の『プチ・ニコラ』シリーズ全《ぜん》五巻《かん》は下《した》のとおりです。

❶ Bonjour!《ボンジュール》 プチ・ニコラ
Le Petit Nicolas, 1960

❷ プチ・ニコラの休《やす》み時間《じかん》
Les récrés du Petit Nicolas, 1961

❸ プチ・ニコラの夏休《なつやす》み
Les vacances du Petit Nicolas, 1962

❹ プチ・ニコラと仲間《なかま》たち
Le Petit Nicolas et les copains, 1963

❺ プチ・ニコラのなやみ
Le Petit Nicolas a des ennuis, 1964

サンペ／絵《え》とゴシニ／文《ぶん》のコンビが解消《かいしょう》されず、シリーズがつづいていたら、われらがニコラは、上級生《じょうきゅうせい》になり、中学生《ちゅうがくせい》に、高校生《こうこうせい》に、そして大学生《だいがくせい》にも、なったのでしょうか。それとも、『サザエさん』の子《こ》どもたちのように、いつまでも歳《とし》をとらないプチ・ニコラ（ちっちゃなニコラ）のままで、永遠《えいえん》の小学生《しょうがくせい》として生《い》きることになったのでしょうか。ともあれ、現実《げんじつ》には、ニコラは後者《こうしゃ》の道《みち》を選《えら》ぶことになりました。

さて、今回《こんかい》のニコラのお話《はなし》のテーマは、前巻同様《ぜんかんどうよう》に、ニコラの学校《がっこう》と家庭《かてい》での日常《にちじょう》の暮《く》らしです。日本人《にほんじん》にはすこしわかりにくい面《めん》もありますが、フランス人特有《じんとくゆう》のユーモアにつつまれて、特別《とくべつ》な出来事《できごと》もなく展開《てんかい》する、ふつうの日々《ひび》の物語《ものがたり》の底流《ていりゅう》には、古《ふる》き良《よ》きフランスの伝統《でんとう》と家族愛《かぞくあい》があふれています。

もともと子《こ》どもは、家族《かぞく》という透明《とうめい》な至福《しふく》のバリアにつつまれて成長《せいちょう》して行《い》くものですが、その成長《せいちょう》の度合《どあい》は他人《たにん》との接触《せっしょく》、そして比較《ひかく》によって、いっそう増幅《ぞうふく》されるべきものです。ただし、おとなにとってもそうかんたんではない他者《たしゃ》との比較《ひかく》や、考《かんが》えとか姿《すがた》かたちなど、なにかを自分《じぶん》と異《こと》にする人々《ひとびと》との接触《せっしょく》は、子《こ》どもにとってはまさに一大事《いちだいじ》です。

自分《じぶん》と他人《たにん》がたがいに相手《あいて》の存在《そんざい》を認《みと》め合《あ》わないために、いったいどれだけの悲惨《ひさん》な争《あらそ》いごとがこの地球上《ちきゅうじょう》でくり返《かえ》されたことでしょう。そして、残念《ざんねん》ながらそのような悲劇《ひげき》は現在《げんざい》も世界中《せかいじゅう》のいたるところで絶《た》えることがないのです。でも、ニコラの年《とし》ごろでは、だれしも王様《おうさま》のごとく、わが意《い》をつらぬいて生《い》きるのです。また、そうでなくてはいけません。

『プチ・ニコラ』をフランス文学《ぶんがく》のジャンルに分類《ぶんるい》するなら、これは、まずその題材《だいざい》からして児童文学《じどうぶんがく》であり、同時《どうじ》にその手法《しゅほう》からしてユーモア文学《ぶんがく》だと言《い》わねばなりません。おとなが読《よ》んでも『プチ・ニコラ』がおもしろいのは、主《しゅ》として、後者《こうしゃ》としてもすぐれた作品《さくひん》だからです。

ただおもしろくて滑稽《こっけい》なことを並《なら》べ立《た》て、ゲラゲラ笑《わら》わせるだけがユーモアではありません。ユーモアには、フランス語《ご》で言《い》う〈エスプリ（機知《きち》）〉が、なければなりません。たとえて言《い》えば、当意即妙《とういそくみょう》、思《おも》わずクスリと笑《わら》ってしまったり、あるいは横《よこ》を向《む》いてニヤリとさせられるような、上質《じょうしつ》のユーモアが必要《ひつよう》なのです。そして、ほんとうのユーモアとは、人生《じんせい》の真理《しんり》を鋭《するど》く突《つ》いているものです。

ところで、『プチ・ニコラ』では、駄洒落《だじゃれ》や地口《じぐち》をのぞいて、ユーモアのほとんどは、類型化《るいけいか》された作中人物《さくちゅうじんぶつ》の対比《たいひ》から生《う》み出《だ》されています。

その第《だい》一は、〈子《こ》ども対子《たいこ》ども〉のパターンです。わんぱくだけど、やさしくて、まじめなニコラを中心《ちゅうしん》に、親友《しんゆう》で天才《てんさい》グルメ少年《しょうねん》のアルセスト、勉強《べんきょう》はクラスで一番《いちばん》だけど泣《な》き虫《むし》のアニャン、えこひいきが大《だい》きらいで家族思《かぞくおも》いのジョアキム、勉強《べんきょう》はからっきしだけどスポーツ万能《ばんのう》のクロテール、パパがおまわりさんをしているせいかとても用心深《ようじんぶか》いリュフュス、脛長彦《すねながひこ》でめっぽう足《あし》が速《はや》いメクサン、パンチの強《つよ》さで恐《おそ》れられている兄《にい》さん思《おも》いのウード、ブルジョワで秘密《ひみつ》が大好《だいす》きなジョフロワ、おすましでかわいいマリ・エドウィッジなど、ゴシニの筆《ふで》はこれらの個性《こせい》あふれる子《こ》どもたちを、生《い》き生《い》きと描《えが》き出《だ》しています。

第二《だいに》は、〈子《こ》ども対《たい》おとな〉のパターンです。サンペの絵《え》を見《み》てください。おとなと子《こ》どものからだの大《おお》きさのちがいはどうでしょう。このアンバランスは、そのまま、おとなの世界《せかい》と子《こ》どもの世界《せかい》の食《く》いちがいの象徴《しょうちょう》なのです。家《いえ》では静《しず》かにくつろぎたいパパと、遊《あそ》んでもらいたいニコラ、ときにはママまで巻《ま》き込《こ》んで、寄《よ》るとさわると大《おお》さわぎ。それから、なんと言《い》っても、「わたしの目《め》をよく見《み》なさい」の口《くち》ぐせがあだ名《な》の由来《ゆらい》となった生徒指導《せいとしどう》ブイヨンこと、デュボン先生《せんせい》と子《こ》どもたち。罰《ばつ》と没収《ぼっしゅう》をふりかざすブイヨンに子《こ》どもたちがひるむことは、決《けっ》してありません。この果《は》てしないイタチごっこは、おとなの価値観《かちかん》と子《こ》どもの価値観《かちかん》の激突《げきとつ》そのものなのです。

フランスの子《こ》どもが日本《にほん》の子《こ》どもより徹底的《てっていてき》にめぐまれない点《てん》を、一《ひと》つあげるとすれば、それは、ニコラの時代《じだい》のフランスでは、おとなが子《こ》どもに対《たい》して（かつての日本《にほん》におけるように）絶対《ぜったい》の権威《けんい》であったことでしょう。みなさんは、毎日《まいにち》の食事《しょくじ》のとき水《みず》を飲《の》むのに、いちいちお父《とう》さんにお願《ねが》いしなければ、飲《の》ませてもらえないなんて、考《かんが》えられますか。フランスの小学生《しょうがくせい》は、食事《しょくじ》のたびにお父《とう》さんから水《みず》をついでもらわねばならないのです。日本《にほん》では、たいてい、飲《の》みものはお母《かあ》さんが用意《ようい》してくれるはずですが……。

さて第《だい》三は、〈おとな対《たい》おとな〉のパターンです。いちばんわかりやすい例《れい》として、ニコラのパパとおとなりのブレデュールさんの関係《かんけい》を考《かんが》えてみてください。どうしてあのふたりは、ことあるごとに、あんなふうにけんかになるのでしょう？　ほんとうに相手《あいて》がきらいなら、きっとおたがい口《くち》もきかないでしょうに。きっと子《こ》どものころから、あんなふうに、ふざけ合《あ》って遊《あそ》んできたのでしょうね。

それから、ニコラのメメ（おばあちゃん）をめぐるパパとママの関係《かんけい》はどうでしょう。

パパはいまでも、メメが結婚《けっこん》に反対《はんたい》したことを根《ね》に持《も》っているのでしょうか。どちらにしても、パパはメメが苦手《にがて》のようです。メメのニコラへのプレゼントのせいで、パパがどれほど痛《いた》い目《め》にあったか、読者《どくしゃ》のみなさんはいくらでも思《おも》い出《だ》せるのではありませんか。

最後《さいご》に、ユーモアと並《なら》んで、フランス文学《ぶんがく》の特徴《とくちょう》のひとつである〈心理描写《しんりびょうしゃ》〉についても、すこし考《かんが》えてみましょう。子《こ》どもたちを主人公《しゅじんこう》にしている『プチ・ニコラ』では、人間《にんげん》の心《こころ》の奥底《おくそこ》を鋭《するど》くえぐる本格的《ほんかくてき》な描写《びょうしゃ》は、当然《とうぜん》ながら、見《み》られません。でも、本書《ほんしょ》の第《だい》三話《わ》、「お金《かね》のねうち」のニコラの心理《しんり》を考《かんが》えてみてください。ニコラはアルセストにチョコレート二十五枚《まい》あげることは拒否《きょひ》するのに、一枚《まい》の板《いた》チョコの半分《はんぶん》ならあげてもいいと思《おも》います。これはいったい、どういう心《こころ》の変化《へんか》なのでしょうか?

あるいは、第《だい》十五話《わ》、「自慢《じまん》の兄《あに》き、ジョナース」で、あの強気《つよき》なウードが「まっさおになり、きゅうに走《はし》って行《い》ってしまった」のは、なぜでしょう?

人間《にんげん》のすべての行動《こうどう》には、意識無意識《いしきむいしき》の理由《りゆう》があります。作中人物《さくちゅうじんぶつ》のちょっとした行動《こうどう》やことばに、それぞれの深《ふか》い意味《いみ》がかくされているのです。このように、物語《ものがたり》のあちこちにさりげなくなされているフランス文学《ぶんがく》の伝統《でんとう》の味《あじ》つけを存分《ぞんぶん》に味《あじ》わっていただきたいものです。

René Goscinny

ルネ・ゴシニ
略伝《りゃくでん》

《わたしは、一九二六年《ねん》八月《がつ》十四日《か》、パリに生《う》まれ、その後《あと》すぐに成長《せいちょう》をはじめました。翌日《よくじつ》、八月《がつ》十五日《にち》は、わたしたちは外出《がいしゅつ》しませんでした》

彼《かれ》の家族《かぞく》はアルゼンチンに移住《いじゅう》、彼《かれ》はすべての就学期間《しゅうがくきかん》をブエノスアイレスのフランス語学校《ごがっこう》ですごす。《教室《きょうしつ》では、ほんとうに落《お》ち着《つ》きのない子《こ》どもでした。同時《どうじ》に、むしろよくできる生徒《せいと》でもあったので、退学《たいがく》にはなりませんでした》。彼《かれ》が、キャリアをはじめるのは、ニューヨークにおいてである。

一九五〇年代初《ねんだいはじ》めにフランスに帰国《きこく》、一連《いちれん》の伝《でん》説《せつ》のヒーローたちを生《う》み出《だ》す。ゴシニは、ジャン＝ジャック・サンペとともに、『プチ・ニコラ』の冒険《ぼうけん》を創案《そうあん》、有名《ゆうめい》な小学生《しょうがくせい》の成功《せいこう》をもたらす子《こ》ども言葉《ことば》を案出《あんしゅつ》する。次《つ》いで、ゴシニは、アルベール・ユデルゾと『アステリックス』を発表《はっぴょう》する。

小柄《こがら》なガリア人《じん》の勝利《しょうり》は、驚《おどろ》くべきものであろう。百七の国語《こくご》と地域言語《ちいきげんご》に翻訳《ほんやく》され、アステリックスの冒険《ぼうけん》は世界《せかい》で最《もっと》も読《よ》まれている作品《さくひん》となっている。多作《たさく》な著者《ちょしゃ》は、このほかに、モリスと西部《せいぶ》劇《げき》ベデ（バンド・デシネ）『ラッキー・ルーク』、タバリーとベデ『イズノグード』、ゴットリブとユーモアベデ『レ・ディンゴドシエ』、その他《ほか》を手《て》がけた。コミック誌《し》「ピロト」を先頭《せんとう》に、彼《かれ》はベデを大《だい》変革《へんかく》し、ベデを《第《だい》九の芸術《げいじゅつ》》に格上《かくあ》げした。

ゴシニは映画人《えいがじん》として、ウデルゾとダルゴとともに、スタジオ・イデフィクスを立《た》ち上《あ》げる。彼《かれ》は、アニメーション映画《えいが》の傑作《けっさく》、『アステリックスとクレオパトラ』、『アステリックスの十二の仕《し》事《ごと》』、『デイジータウン』、『バラード・デ・ダルトン』などを世《よ》におくる。その死後《しご》、彼《かれ》の映画作品《えいがさくひん》の全《ぜん》体《たい》に対《たい》しセザール賞《しょう》が与《あた》えられた。

一九七七年《ねん》十一月五日《がついつか》、ルネ・ゴシニは五十一歳《さい》で死《し》んだ。エルジェは、《タンタンは、アステリックスの前《まえ》に頭《こうべ》を垂《た》れる》と、弔意《ちょうい》を述《の》べている。彼《かれ》のヒーローたちは、彼《かれ》より生《い》き延《の》びているし、彼《かれ》が作《つく》り出《だ》した多《おお》くの決《き》まり文句《もんく》が、わたしたちの日常言語《にちじょうげんご》の中《なか》に使《つか》われている。《彼《かれ》の影《かげ》よりも速《はや》く撃《う》つ》、《カリフの代《か》わりにカリフになる》、《小《ちい》さいときにその中《なか》に落《お》ちた》、《魔法《まほう》の薬《くすり》を見《み》つけて》、《このローマ人《じん》たちは、まともではない》などである……。

《わたしは、この作中人物《さくちゅうじんぶつ》にまったく特別《とくべつ》な愛情《あいじょう》をもっている》と、ゴシニをして言《い》わしめた、ニコラ。天才的《てんさいてき》シナリオ・ライター、ゴシニが作家《さっか》としての力量《りきりょう》と才能《さいのう》を示《しめ》したのは、心《こころ》を打《う》つ天真《てんしん》爛漫《らんまん》さをもち、恐《おそ》るべき悪《わる》ふざけにも興《きょう》じるいたずらっ子《こ》プチ・ニコラの冒険《ぼうけん》を介《かい》してなのである。

Jean-Jacques Sempé

ジャン=ジャック・サンペ

略伝《りゃくでん》

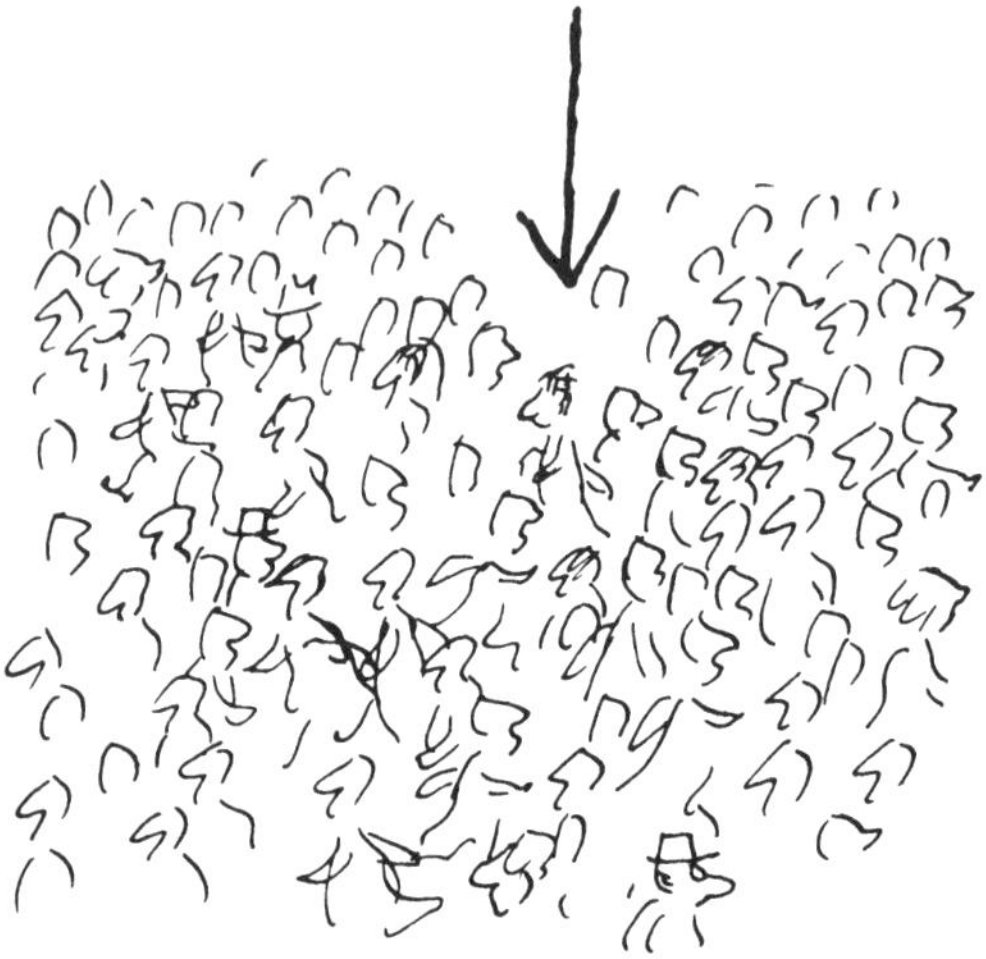

《子《こ》どもだったころ、バラック小屋《ごや》がわたしのたったひとつの楽《たの》しみだった》

サンペは、一九三二年《ねん》八月《がつ》十七日《にち》、ボルドーに生《う》まれた。学業《がくぎょう》、芳《かんば》しからず、ボルドーモダンカレッジを、規律無視《きりつむし》により退学《たいがく》、実社会《じっしゃかい》に飛《と》び出《だ》す。ワインブローカーの雑役《ざつえき》係《がかり》、臨海学校《りんかいがっこう》の補助教員《ほじょきょういん》、事務所《じむしょ》の給仕《きゅうじ》など……。

十八歳《さい》で、懲役年齢《ちょうえきねんれい》に達《たっ》する前《まえ》に兵役《へいえき》を志願《しがん》、パリに出《で》る。彼《かれ》は新聞社《しんぶんしゃ》の編集室《へんしゅうしつ》に頻繁《ひんぱん》に出入《でい》りして、一九五一年《ねん》、「シュッド・ウエスト」紙《し》に最初《さいしょ》のデッサンを売《う》る。彼《かれ》とゴシニの出会《であ》いは、サンペの《新聞挿《しんぶんさ》し絵画《えが》家《か》》の輝《かがや》かしいキャリアの始《はじ》まりと完全《かんぜん》に符合《ふごう》する。『プチ・ニコラ』とともに、彼《かれ》は、以来《いらい》、われわれの想像《そうぞう》の世界《せかい》を覆《おお》い尽《つ》くす悪童《あくどう》どもの肖《しょう》像《ぞう》の忘《わす》れがたいギャラリーを生《い》き生《い》きと描写《びょうしゃ》する。小学生《しょうがくせい》の冒険《ぼうけん》と並行《へいこう》して、彼《かれ》は一九五六年《ねん》、「パリ・マッチ」誌《し》にデビューし、その後《ご》非常《ひじょう》に数多《かずおお》くの雑誌《ざっし》に参加《さんか》する。

彼《かれ》の最初《さいしょ》のデッサン・アルバム『何《なに》ごとも簡単《かんたん》ではない』は、一九六二年《ねん》に上梓《じょうし》される。それ以《い》後《ご》、我々《われわれ》の悪癖《あくへき》と世間《せけん》の悪癖《あくへき》の、やさしくもアイロニカルなヴィジョンをみごとに伝《つた》えるユーモアの傑作《けっさく》が、三十作《さく》ほど続《つづ》くだろう。

マルセラン・カイユー、ラウル・タビュラン、そしてムッシュー・ランベールの生《う》みの親《おや》であり、鋭《するど》い観察眼《かんさつがん》とすべてを笑《わら》いとばす胆力《たんりょく》を併《あわ》せもつサンペは、この数《すう》十年来《ねんらい》、フランスの最《もっと》も偉大《いだい》な漫画家《まんがか》のひとりとなっている。

彼《かれ》個人《こじん》のアルバムの他《ほか》に、パトリック・モディアノの『カトリーヌ・セルティチュード』、あるいは、パトリック・ジュースキントの『ゾマーさんのこと』に挿《さ》し絵《え》を描《か》いている。

サンペは、非常《ひじょう》に有名《ゆうめい》な雑誌《ざっし》「ニューヨーカー」の表紙《ひょうし》を描《か》いた、数少《かずすく》ないフランス人《じん》挿《さ》し絵画家《えがか》のひとりであり、今日《こんにち》でも、「パリ・マッチ」の中《なか》で、多数《たすう》の読者《どくしゃ》の笑《わら》いを誘《さそ》い続《つづ》けている……。

訳者紹介

小野萬吉（おの・まんきち）

1945年和歌山県生まれ。京都大学文学部仏文科卒業。訳書に『共犯同盟』、「プチ・ニコラ」シリーズ、「プリンス・マルコ」シリーズなどがある。

編集　来田義秀

校正　株式会社円水社

装丁・本文デザイン　河内沙耶花（mogmog Inc.）

プチ・ニコラシリーズ⑤

プチ・ニコラのなやみ

発行日　2020年7月25日　初版第1刷発行

作者　ルネ・ゴシニ　ジャン＝ジャック・サンペ
訳者　小野萬吉
発行者　秋山和輝
発行　株式会社世界文化社
〒102-8187　東京都千代田区九段北4-2-29
電話　03-3262-5118（編集部）03-3262-5115（販売部）
印刷・製本　中央精版印刷株式会社
DTP製作　株式会社明昌堂

ISBN978-4-418-20809-8